江户川乱步全集·明智小五郎系列

影男

〔日〕江户川乱步 著
叶荣鼎 译

山东画报出版社

译者序

红极一时的日本动漫《名侦探柯南》的作者漫画家青山刚昌，孩提时代曾是江户川乱步的超级追星族，他笔下的主人公江户川柯南的姓就取自日本推理文学鼻祖江户川乱步，名则取自英国的柯南·道尔。

日本作家历来都有用笔名的传统，江户川乱步本名平井太郎，早年就读于早稻田大学经济学专业，江户川就在早稻田大学旁边。巧合的是，“江户川”的日式英语发音“edogawa（爱多嘎娃）”，与“Edgar a-（埃德加·爱）”的发音极其相似；

"乱步"的日式英语发音"ranpo（兰波）"，与"llan Poe（伦·坡）"的发音又十分相近，故而决定以"江户川乱步"为笔名。从此，这个名字陪他度过了四十年推理文学创作生涯，也成为日本推理文学史上不可逾越的高峰。

1923年，乱步在《新青年》杂志上发表处女作《两分铜币》，引发轰动。当时的编者按这样写道："我们经常这样说，《新青年》杂志上总有一天将刊登本国作者创作的侦探小说，并且远远高于欧美侦探小说的创作水平。今天，我们终于盼来了这一兴奋时刻。《两分铜币》果然不负众望，博采外国作品之长，水平遥遥领先于外国名作。我们深信，广大读者看了这篇小说后一定会深以为然，拍案叫绝。作者是谁？是首位登上日本侦探文坛的江户川乱步。"

1925年，乱步发表小说《D坂杀人事件》，成功塑造了日本推理文学史上的第一位名侦探——明智小五郎。其后，他又陆续创作了《怪盗二十面相》《少年侦探团》等脍炙人口的作品，其中的"怪盗二十面相""少年侦探团"等角色已经突破了类型文学的束缚，成为世界文学史上的典型形象，先后多次被搬上各种舞台，改编成各种各样的影视、动漫作品。

第二次世界大战爆发后，江户川乱步因作品被禁止出版，投笔抗议，公开发表《作者的话》：“我撰写的小说主要是把侦探、推理、探险、幻想和魔术结合在一起，让读者富有想象力和创造力。人类必须怀有伟大的梦想，经过不断的努力，才会创造出伟大的时代。没有梦想，没有幻想，就没有科学。历史已经证明，科学的进步多取决于天才的幻想和不懈努力。科学进步了，人民才会过上好日子。可是今天的战争，毁掉了科学，毁掉了人民的梦想，日本人民将会被一个不剩地当作炮灰，却还是避免不了失败的结局。”

1947年，日本侦探作家俱乐部成立，乱步被推举为主席。俱乐部在1963年改组为日本推理作家协会，至今仍是日本最权威的推理作家机构。1954年，乱步在六十大寿之际，个人出资100万日元，设立“江户川乱步奖”，用以激励年轻作家。在之后的半个多世纪里，以东野圭吾为代表的一大批优秀的日本推理文学作家通过这个奖项脱颖而出，他们的成绩也使得“江户川乱步奖”成为日本推理文坛最权威的大奖。

1961年，为表彰乱步在推理文学界的杰出贡献，日本政府为其颁发“紫绶褒勋章”（授予学术、艺术、运动领域中贡献卓著的人）。1965年，乱步突发脑出血去世，获赠正五位勋三等瑞宝章。为纪念乱步，名张市建有“江户川乱步纪念碑”与“江户川乱步纪念馆”，丰岛区设有“江户川乱步文学馆”，供日本与世界的爱好者与学者瞻仰和研究。

《江户川乱步全集》作为乱步作品之集大成者，先后出版了多个版本，加印数十次，总印数超过一亿册，迄今已有英、法、德、俄、中五大语种版本问世。衷心希望诸位读者能够通过这一版的中文译本，回望日本推理文学的滥觞，领略一代文学大家的风采。

是为序。

2021年元旦于上海虹桥东华美寓所

目　录

斗　人 / 001
定　音 / 008
影　男 / 013
复　活 / 023
成　交 / 032
枯　井 / 039
公　司 / 044
契　约 / 050
妙　计 / 060
沉　没 / 067

推　销 / 076
水　下 / 083
怪　景 / 088
奇　花 / 096
魔　幻 / 101
解　说 / 107
洽　谈 / 116
蛇　脸 / 122
脑　袋 / 131
解　围 / 136
委　托 / 143
施　毒 / 150
挣　扎 / 157
观　赏 / 164
合　作 / 169
谋　杀 / 176
解　密 / 181
逃　窜 / 192
人　树 / 203

异　变 / 208
突　围 / 215
末　日 / 224

江户川乱步年谱 / 231
译后记 / 245

斗　人

东京的代代木广场被夜幕深深地笼罩着。

距离广场不远的地方，有一座周围没有建筑的别墅。奇怪的是，在这幢别墅的地下室里，聚集了十多个打扮怪异的人。他们头戴黑色蒙面套，身着黑色长袍，只露出两只眼睛和嘴巴三个小圆孔，根本无法辨认黑色装束里的人到底是谁。根据他们相互间的窃窃私语，才发现这群黑色人物都是女人，仅此而已。

地下室的面积约有四十平方米。地上铺着灰色地毯，天花板与墙壁未经装饰，依然是水泥面。垂挂在天花板中央的电灯下，十多个黑衣人围成一个圆圈坐着。圆圈中央站着一个人，正精神抖擞地发表演说。

“诸位，我们秘密俱乐部这一年里见识了所有的怪诞和惊险，愉快地度过了有意义的一年。今天晚上，我们将见识最刺激的事情，可以这么说，迄今为止没有比这更惊险的事了——‘斗人’。想必大家知道‘斗牛’‘斗犬’‘斗鸡’‘斗蟋蟀’，可‘斗人’比赛，大家应该没有见识过。我们今晚聚集在这里观看的，就是‘斗人’。

“值班干事不辞辛苦，发现了两个合适的年轻人，让他们表演‘斗人’，并且已经把他们带到了这里。斗人比赛最刺激的是赌命，也就是说，用生命决定‘斗人’比赛的胜负。所谓‘斗人’，顾名思义，就是指人与人之间的搏斗。不过，斗人比赛里没有规则，除了采用拳击、摔跤、相扑、柔道和空手道等专业技能之外，不管用什么样的手段都不违反规则。只要打到对方完全失去了斗志，倒下后再也站不起来为止，就算胜利。因此，胜负的决定极其简单。用一句话说，谁被打死了谁就是输家。将对手打死的赢家可以获得二十万日元的奖金。此外，大家可以为各自喜欢的斗士下赌注。也就是说，大家可以同时体会勇士肉搏和赌博胜负。”

滔滔不绝演说的女子，是秘密俱乐部部长春木夫人。

春木夫人说到这里，停顿了一下，朝大家扫视了一眼。

“好，我现在就为大家介绍这两位斗士。”

春木夫人举起右手朝站在出入口附近的值班干事打了一下手势。于是，门无声地开了，黑暗里走出两个年轻人。

两个人的体形显得十分健壮，在场的黑衣人见了都感到很惊讶，禁不住嚷了起来：“这天底下竟然有身材如此壮硕的青年，不可思议啊。”

蒙面女人们只是默默地欣赏着准备为之下赌注的年轻人。

不一会儿，春木夫人说话了：“这两个斗士的姓名和职业暂时不能透露，不过我刚才说了，这两个斗士不是拳击、摔跤、相扑、柔道和空手道等竞技类的运动员。就像大家看到的这样，两个年轻人都具有健壮的体魄，可谓不分伯仲。现在，假设靠近我这一边的青年为黑方，因看上去他的肤色比那一位要黑一点。有了黑方，那么，那位青年就称为白方，他的肤色比较白。黑方青年，浓眉、大鼻子、厚嘴唇，看上去是一个充满活力的青年。他的眼睛和嘴角，给人一种难以言喻的不可思议的魅力，脸上始终带着微笑。结实的肩膀、隆起的肌肉、宽阔的胸脯，酷似古希腊雕像。相比之下，白方青年高鼻子、殷红的嘴唇、双眼皮，有着修长的手脚线条，给人一种柔中有刚，充满力量和韧劲的感觉。各位会员，究竟给谁下赌注，考虑好了吗？现在，值班干事记录各位下的赌注。像过去一样，别说出自己的名字，只要说出蒙面套上的罗马字就行。”

根据春木夫人的命令，值班干事把登记簿拿在手上，在黑色蒙面人之间穿来穿去。于是，地下室里响起了黑方或白方以及赌注数额的嘈杂声。

登记完毕，值班干事将登记簿递给团长。

“我向大家公布刚才登记的结果，给黑方下的赌注数额总计三十四万日元，给白方下的赌注数额是二十九万日元。”

春木夫人公布完毕。

有关斗人的具体方法，两个年轻人事先已被告知。可他俩都笑容可掬，表现出胸有成竹的样子。春木夫人朝着两个青年斗士举起手，两个斗士则朝着春木夫人点点头。接下来是等待值班干事“比赛开始”的手势。

终于，值班干事下达了“开始”的命令。

两个青年猛地朝左朝右分开，接着叉开双腿，握紧拳头，注视着对方。

蒙面女人们一声不吭地望着这一切，连呼吸声都变得剧烈起来。

两个青年的肌肉鼓了起来，犹如坚硬的石块。终于，相互展开攻击的时机成熟了。双方同时以猛虎下山的姿势忽左忽右朝对方猛扑，肉与肉之间激烈地碰撞起来。起初是猛烈的碰撞和相互击打。四条结实的手臂交叉在一起，像活塞一样剧烈晃动。

白方的脸颊上出现了伤口，鲜红的血不停地朝外渗出。黑方眼睛下边的肤色变了，鼓起一个大包。为避开对方的拳头，俩人自然而然地将距离贴得更近，终于从相互间的击打变成抱作一团，摔起跤来。白方瞅准机会抱起黑方的腰，将其重重地扔在地上。于是，随着扑通的声响，黑方四脚朝天，倒在地上。白方没有给黑方喘气的机会，一个猛扑骑在黑方的身上，死死压制住黑方。

格斗变得越来越紧张激烈，其残酷程度远远超过散打。摔倒，爬起来，扭打在一起，卡住对方的脸，勒紧对方的身体。大汗淋漓的身体纠缠在一起，两个人的肌肉鼓起的同时微微颤抖着。

黑色蒙面女子中间，在斗人比赛一开始，有人因为场面极其激烈而吓得瑟瑟发抖，可随着时间的推移和比赛的进行，不知不觉地被深深吸引住了，居然忘记了害怕，神态变得不再像刚才那样惊恐万状了。

仅露出两只眼睛和嘴巴的黑色装束里，究竟是什么样的人呢?

定　音

原来，这家秘密俱乐部的会员都是大富豪的夫人。

有的是原公爵夫人，有的是总经理夫人。这些既有空闲又有钱的夫人聚集在一起，在这秘密俱乐部里享受着普通阶层看不到也品尝不到的快乐。

这时候，两个青年壮士再次站到左右两边，相互藐视。浅褐色身体和白色身体相互交替着你扑我闪，接着又沿着地下室的墙壁追打起来，一个在前面跑，一个在后面追，时而停下相互厮打，时而又奔跑起来。

片刻，蒙面人中间传出了悲鸣声。为了躲开黑白方的冲撞，观众席上的人犹如风吹的麦浪，翻滚起来。他们中间有好些人被青年斗士撞翻在地，有的倒地，有的成了“垫底”，地下室里一片混乱。

两个燕子般灵活的青年斗士相互追打，在争先恐后躲闪的蒙面人群里穿来穿去。斗士气喘吁吁的呼吸声和怒吼声与女人们兴奋和恐怖的喊叫声交织在一起，加之人群中有人站起来有人倒下去的情景，地下室顿时像一个鬼哭狼嚎的地狱。

接着，黑方与白方又开始相互击打，黑方用勾拳猛击了对方的下巴，白方躲闪到背后的墙壁。由于墙壁的反弹作用，白方借势猛地用脚踢朝他扑来的黑方的肚子。一刹那，双方的拳头就像机关枪一样猛击对方的脸部和胸部，终于，两个人都被打得皮开肉绽，脸上和身上都是血。

斗人比赛足足进行了一小时二十分钟，两个斗士似乎都站不住了，踉踉跄跄地摇晃着身体。

由于血流入眼眶，眼睛模糊得看不见了，嘴巴却张得很大。他们喘着粗气，肩膀和胸口剧烈地起伏着。然而，胜负还没有见分晓。

观众席上的蒙面夫人们已经筋疲力尽，声音也变得嘶哑了。由于异常兴奋，她们像一群精神病患者。

终于，白方支撑不住了，身体大幅度地摇晃起来，随即扑通一声倒在地毯中间。紧接着，黑方斗士也蜷缩在地上。斗人比赛就这样拉下了帷幕。

蒙面女人们见状突然停止了出声，瞪大眼睛，惊讶地望着两个可怜的青年。地下室瞬间变得安静了。

就在这时候，意想不到的事情发生了。那个趴在地上的白方斗士摇摇晃晃地站了起来，浑身上下到处是血。他站起来后使出全身力气在蒙面女人之间像怪物一样跌跌撞撞地走着。他朝门口走去，随后，整个身影消失在昏暗的走廊里。

黑方用他那视力模糊的眼睛直勾勾地目送着白方消失的背影，接着也垂头丧气地用力站起来。这时候，门外的走廊那里传来一阵风，一个肉色东西闯进了地下室。

那是满身是血的白方！

白方使出全身力气朝黑方身上撞去。一刹那，白方与黑方扭成了一团，随即撞向背后的墙壁，传来沉闷的响声。倒在地上的黑方与白方不再动弹了。

就这样，白方使出最后的力气将脑袋撞向黑方的胸膛。为了这么一个动作，白方刚才先到走廊，拉开一定的距离后就像跳远似的，通过助跑使出最后的力气撞击黑方。

倒在地上的白方与黑方相互茫然地怒视着。这时，不知从哪里传来轻轻的喘息声。不一会儿，躺在黑方身上的白方开始转动身体，可黑方努力了好一阵子，尽管站了起来，但浑身一动不动的。他面如土色，渐渐地，全身上下都变成了土色。

地下室静得像墓地一般。

“怎么啦？是不是结束啦？”

片刻，有人问道，带着十分困倦的声音。

“咦，黑方怎么一动不动的？”

不知是谁说了这么一句，嗓音十分低沉。

第一个站起来的是俱乐部主人春木夫人。她摇摇晃晃地走到墙边，一会儿摸摸黑方的身体，一边儿给他号脉，一会儿又把手捂在他嘴上。然后，她慌慌张张地转过脸望着大家，嘟哝道：“他死了！”

影　男

尚处在斗人比赛紧张气氛中的蒙面女人们，听春木夫人这么一说，都吓傻了眼，没有一人敢吱声。

是过失致死！该如何处置呢？

一瞬间，所有在场的人心里都在这样思考着。

两名比赛的斗士中最终必有一人会死，这是事先都知道的。然而一旦成了事实，可不是随便处置就可以过关的。

不能就这样放在这里，也不能撒手不管逃之夭夭，更不能向警方报案。一旦报警，等于暴露了这些有钱夫人秘密娱乐的真相。它不仅会给视地位和名誉比生命还重要的丈夫增添麻烦，还会毁了他们的前程。可是……一个青年在这里死了，倘若就这样放着，她们将被冠以杀人罪名。

十多个蒙面女人都在这样思考着，心跳仿佛早已停止。

春木夫人不停地在青年身边走来走去，如同机器人转圈，脑子里一片空白。就在这时候，站在角落的E蒙面夫人径直走到春木夫人身边。俩人交头接耳，只见春木夫人频频地点着头。

"诸位，暂且把医生喊来。还有，今晚的值班干事留在这里。至于白方青年，请大家齐心协力扶他上去。"

春木夫人朝着白方青年说道："你能走吗？"

白方青年咬咬牙，朝着春木夫人点点头。

"大家听好了，给他穿上衣服扶到卧室后，让他在床上躺一会儿。厨房的橱架上应该放有饮料，别忘了拿饮料给他喝。"

一个蒙面夫人走到跟前握住他的手，帮助他站立起来，接着，大家一起簇拥着扶他离开了房间。

地下室剩下的只有俱乐部主人春木夫人、值班干事C夫人和那个刚才与春木夫人说悄悄话的E夫人。

值班干事C夫人叫二宫友子，丈夫是食品公司的总经理。

E夫人琴平关子弯下腰检查黑方身上的伤势，忙个不停。片刻，叹了一口气。

“已经死了。心脏已经完全停止跳动了。”

“你说他已经不行了？你怎么知道的？”

春木夫人问话的态度十分生硬，让她别信口开河。

“我曾经碰到过这种情况。无论什么名医，都不可能让这人起死回生。”

“你刚才不是说喊医生吗？还说让大家别在这里。”

“嗯，我是说过喊医生。并且，还要告诉大家黑方青年的生命已经抢救过来了，请大家安心地回家。否则，这么多会员里肯定有人泄露秘密。

不用说，白方青年不会把黑方青年死了的消息说出去。明白我的意思了吗？要让大家安心回家并忘记这件事。”

春木夫人不可思议地望了一眼E夫人，心想琴平关子还这么年轻漂亮，遇事却如此冷静，是一个可以信赖的人。

“那，你说说看怎么处置尸体？”

“很简单。把尸体藏起来。也就是说，我们要彻底忘记今天晚上发生的事情，就当没有发生过。要不然，大家都完了。”

春木夫人点点头。

“这两个青年，你究竟是从哪里带来的？他们又是什么样的身份？”琴平夫人问道。

C夫人二宫友子也对琴平夫人处事果断感到佩服。

“这黑方青年，我是在浅草找到的，既不是熟人，也不是朋友介绍的，什么关系也没有。偶然发现他体格特健壮，我便主动找他们谈了今天晚上的比赛。他说，只要打赢后能得到达成协议的钱就行，并表示同意。”

“他来这里参加斗人比赛的情况，有没有跟家人或朋友说过？”

“按理应该没有告诉其他人。我同他交涉的时候就我和他两个人，他曾向我发誓决不对任何人说起来这里比赛的事情。比赛前，我还特地问过他，他对我说没向任何人吐露这事。”

“他叫什么名字？住在哪里？”

“他叫小林昌二,九州人，是孤儿，在东京没有亲戚。他住在浅草对面的简易旅馆，同住的有几个年轻人。职业，据说是在大型居酒屋里唱歌。”

“还有一个年轻人也是相同职业吗？”

“不是的。他俩之间无任何关系。白方青年是商品广告推销员，有一天，他头戴纸面具，手持广告牌在街上行走的时候，我的一位朋友喊他到附近的咖啡馆说了比赛的事情，他一口答应了。他叫井上君，详细情况只要问一下他就清楚。”

“能找来这么两个体魄健壮的青年，说明你有眼力和办法。”

琴平夫人这冷静的语调，顿时让春木夫人和值班干事二宫夫人产生了疑虑。

这个看上去长得挺可爱的琴平夫人，怎么会变得如此沉着冷静？是什么时候变得这么成熟了？就连她说话的声音和语气，也与平时不一样了。

她俩突然感到忐忑不安起来。

“你，你真是琴平夫人吗？是叫琴平关子吗？”

春木夫人终于忍不住问道。

“呵呵呵，你总算察觉到了，实话告诉你，我是替身。”

“什么？你是替身？”

春木夫人和二宫夫人都大吃一惊，不由得与E蒙面夫人拉开了距离。

“我摘下头上的蒙面套，也请你们摘下蒙面套。现在这种时候，最好别戴着蒙面套说话。”

E蒙面夫人说完，一把摘下蒙面套。这也是一个美丽的夫人，长得有点像琴平夫人。

“你到底是谁？”

春木夫人的声音里带着恐惧。

“你问我？是呵，我是谁呢？你就叫我影男吧！”

“什么？你是个男的？”

两位夫人惊恐万状，声嘶力竭。

“哈哈哈……对，我是男的！我蒙骗了琴平夫人，化装成她参加了你们这有趣的游戏。

“不过，请你们不必担心，我是你们的朋友。为了大家，我不会对任何人说这件事。

“哎呀，你们真是太幸福了！如果我不代替琴平夫人参加，也许你们对今晚发生的事情会一筹莫展，走投无路吧？现在请放心吧，我一定能帮助你们……”

琴平夫人的替身，这个自称影男的怪人，不动声色地说完便扬长而去。

这影男到底是什么人？

这影男有不计其数的名字。例如，速水庄吉、绵贯清二、鲇泽贤一郎、殿村启介、宫野绿郎等。其中有一个叫佐川春泥的名字，是影男的笔名。他创作过一部犯罪小说，笔名就是佐川春泥。该作品非常奇怪，由于魅力独特而在读者中广泛传播。仅两三年的时间，佐川春泥便一跃成为最有人气的流行作家之一。然而令人费解的是，这个叫佐川春泥的作家没有与责任编辑和读者见过面，据说是不愿意让他们见到自己的真实面目。与杂志社之间的交涉都是通过信件，而杂志社的委托书、稿费汇款单，每一次都来自不同的邮局。

杂志社为了了解这个作者的真实身份，特地派记者在邮局等候。可他不是一个轻易钻入圈套的人，代替他出面上邮局取款的不是司机便是服务生，而他自己从不直接去邮局。去邮局取款的司机或服务生，在取款之后也不会直接将稿费送到他手里，因而，跟踪的人不得不在途中自动放弃跟踪。

他的运动神经非常发达，骑马、驾车等非常娴熟。不仅如此，他还曾在马戏团里干过，掌握了空中杂技表演等本领。他还有一个最大的特点，即思维方式与众不同，常常有出人意料的想法。也许他生来就是这种性格，或者受一些读物的影响，对于别人的隐私具有莫大的兴趣。为此，他使用了所有手段，花大本钱挖掘并公开别人的秘密。

渐渐的，他觉得这样的兴趣能为自己制造意想不到的巨大财富。一旦了解到有钱人的秘密，便以此与其交易，从对方手里获得相当数量的钱。什么生意都比不过这样的交易。

显然，他这样的行为是犯罪。可对方由于自己有软弱之处，而不希望公开化。于是，这对他来说反而是一种极其安全保险的犯罪。只是他最需要的是“隐蔽场所”。即不让对方察觉自己的住所，把自己隐蔽起来。

为了做到这一点，他想尽一切办法。他模仿了动物的保护色制作了各种颜色和款式的服装，发挥自己擅长杂技的特长，将自己巧妙地隐蔽起来。

佐川春泥创作的怪异犯罪小说，也只不过是从他的“人的隐私生活”的研究里诞生的副产品。

他身材修长，长得英俊，今年三十三岁。由于擅长化装，他通常以化装后的模样出现在公开场合。其实，他真正长得有多么英俊，这谁都说不上来，因为谁都没有见过。与不使用名字的道理相同，他根据时间或场合的需要，有时化装成七十多岁的老人，有时化装成二十岁左右的年轻女子。不用说，他也没有固定的住所。

复 活

自称鲇泽贤一郎的影男在帝国宾馆里包了一个豪华套间，用于吃早餐。

鲇泽此刻的身份是贸易商社的年轻总经理，据他说，他是昨晚从大阪到达帝国宾馆的。

“我带来了一个有趣的话题，它价值十万日元。”

正在这时候，一个身着漂亮服装的女子来访，看上去二十岁左右。女子手夹香烟，一边吐着烟圈一边故弄玄虚地笑着说。

“说详细一点！”影男鲇泽望着女子脸上可爱

的酒窝，也面带微笑问道。

“有关上流社会夫人们的秘密小团体！怎么样？一定合你的口味吧？他们中间有首领，就是召集人，她是这秘密妇人团的团长，原侯爵夫人，非常有钱。团员好像有十五六人，都长得很漂亮，家里也都很有钱！一开始，她们的共同兴趣好像是赛马。在玩麻将和扑克牌的过程中，渐渐地形成了一个秘密组织。如今这个秘密组织里已经有团长、值班干事和总务干事等，是一个真正的秘密团体。她们身着黑色长袍，头戴黑色蒙面套，还特地租借了秘密活动场所聚会。在那里，她们干了许多见不得人的坏事。”

“举一个具体例子。”

“我知道得不是十分清楚，可她们非常大胆，聚会内容五花八门且令人震惊。”

“那么，你是该秘密组织的会员吧？”

“谢谢，谢谢，我哪有那种资格。没有地位和财产是不能加入该秘密组织的……怎么样？我刚才说的十万日元价值，那是聚会的时间和场所！你愿意出这笔钱吗？”

鲇泽默默地从口袋里取出一张支票，填上十万日元的金额后交给来者。

“可以成交了吧？请告诉我聚会的场所和时间。”

“在代代木广场附近的一幢别墅里。凡是该组织成员都必须身着黑长袍，长袍的外面必须裹上长大衣。在进门前脱去长大衣，戴上黑色蒙面套！并且，必须向看门的人打这样的暗号手势，然后，才能被允许进入聚会场所。暗号手势是这样的。”

女子比画了一个奇怪的手势，很像念经时的动作。

“怎么样？学会了吗？为了摸清这一情况，我反复了解了多次。请记住，聚会时间是明天晚上十点。”

“告诉你这一情况的，是该组织内的某个成员吧？”

“没人告诉我，我是按照你的吩咐打听到的。”

“那人叫什么？”

“叫琴平关子，长得年轻美貌，年龄还不到三十岁。”

“她个头高吗？”

“个头比我高出五厘米，不过，比起鲇泽要矮许多。”

“模仿那样的个头不是一件难事，时而个头高一点，时而个头矮一点，这也是隐身术的一种。你已经明白我说的意思了吧？在我化装成琴平关子参加聚会的时间段，你的任务是陪伴真正的琴平关子。你若做不到这点，那十万日元的价格太高了哟！还有，我想在参加聚会前见一下琴平夫人，时间定在晚上六点，地点定在这家宾馆的西餐厅。记住了吗？别忘了哟！”

鲇泽就这样花上十万日元得到了极其重要的情报，立即着手准备工作。

化装成琴平关子的影男——鲇泽，没想到他的这次出现却帮了夫人们一把。

“那好，你大概已经知道我俩的真实姓名了吧？二宫夫人，眼下已经没有必要戴蒙面套了，就取下它吧！”

春木夫人这么一说，二宫夫人也把手放到了脑袋上。与此同时，两个夫人一起摘下了蒙面套。春木夫人的脸上堆满了肉，胖乎乎的。她的照片经常出现在新闻媒体上，非常眼熟。年龄已经超过五十岁，表情显得十分威严。不管从哪个角度看，有一种女首领的气质。

二宫夫人看上去三十五六岁，就凭她能把那两个斗士带到这里，足以证明她是一个很有手腕的女人。

“想问一下，你能帮助我们到什么程度？”

春木夫人此刻已恢复到往常的态势，语气显得很冷静。

“首先，必须制造你们没有时间来这里的证据。今天晚上的聚会即便没有一个人知道，可家人清楚你们不在家，因此，对于这一情况，你们必须保密。”

“什么？这好像不太可能吧？”

两个夫人瞪大好奇的眼睛。此时此刻，她们已经被这个男扮女装的人深深吸引住了，惊奇地脱口问道。为这么多会员制造不在现场的证据，是很难办到的。

“可以办到。”影男斩钉截铁地说。

两个夫人似乎明白了，这个镇定自若的男子一定掌握了什么特异功能。

“做法很简单。听好了吗？例如，对于这个叫小林昌二的年轻人，只要我们设法制造出他明天还活着，并且是明天失踪的假象，问题就迎刃而解了。明天一天，你们不要搞什么秘密聚会，和家人或者朋友在一起。也就是说，当有人问起你们时可以清楚地告知什么时候和什么地方就行。只要做到这一点，你们不在案发现场的证据就形成了。说得简单一点，我把这起事件发生的时间从今天晚上推迟到了明天。”影男深入浅出地解释着。

“你说把事件发生的时间移到明天，这能顺利过关吗？”

“如果你们委托我，就能顺利过关。现在，我让你们看一下我的特异功能！上面房间应该有电话吧！我是指大家现在聚集在一起的房间。那我马上到那个房间去打电话喊医生来，当着大家的面喊那个我熟悉的医生。当然，他不是真正的医生，而是我的一个忠实部下。我喊他上这里来，因为他是我施展特异功能的关键人物。我不需要你们带路。不管进入什么样的建筑物，就像在自己的住所，绝对不会走错房间。”

影男说完，重新戴上蒙面套，顿时消失在走廊里。

二十分钟后，一个自称医生的男子提着大包来了。

该男子留着山羊胡，鼻梁上架着一副眼镜，身着朴素的西装，总之，酷似医生的打扮。影男立刻把自称医生的男子带到地下室，与两位夫人见面。

“我有许多部下，他只是其中的一个。瞧，他的这副长相和身材，与死去的小林昌二相似。”

被影男这么一说，两个夫人不由得端详起自称为医生的男子的脸和身材，然后又比较了一下躺在地上的小林昌二。咦，还真像一对孪生兄弟呢！

“现在，要请那些还在上面的夫人回家，并告诉她们医生的诊断结果，就说小林昌二的性命保住了，请她们放心回家。不用说，这是假话。如果让会员们和那个白方知道小林昌二已经死了，消息就有可能不胫而走，我考虑再三，不得不编造谎言打发她们回家。等她们走了以后，我们留在这里着手下一阶段的工作。春木夫人，你到上面去对大家说小林昌二已经脱险了，请大家放心回去。还有，请会员们明天尽量不要外出，在家里休息。但千万别说是为了制造不在现场的证据。另外，我们会及时向大家通报小林昌二的情况。好，你快去说吧！”

“说什么？我还没有充分理解你说的意思呢！可事到如今也只能按你说的去做了。好吧，我去说。今天晚上斗人比赛的获胜者是井上，我们必须按照事先的约定发给他奖金。另外，大家下赌注的钱也应该……”

“是的，快去吧！”

春木夫人独自一人上楼去了。

等到春木夫人回来后，影男便果断地开始了下一阶段工作。

“好，现在进入第二阶段的工作。我和扮作医生的部下去上面的化妆室，需要把门关紧待一会儿。小林昌二来时穿的衣服呢？二宫夫人，你赶紧把他的衣服送到我们那个化妆室去。帽子和鞋子都别忘了，拜托你了！现在，我们赶在你前面把小林昌二的尸体抬上去。”

影男和部下把小林昌二的尸体搬到上面的某个房间里，随后走进化妆室关紧房门。

留在原地的两个夫人一走进空荡荡的会客室里坐到椅子上后，诚惶诚恐地望着对方。

大约十五分钟过去了，门忽然开了，走出一个男子。两个夫人一看见来者的脸，不由得面色苍白，坐在椅子上一个劲地颤抖。

站在她俩面前的，是应该已经死了的小林昌二，他褐色的脸上堆满了笑容。

成　交

“哈哈哈……让你们受惊了吧？别害怕！他不是小林的魂魄，是我的部下，就是刚才的那个医生。”

青年背后出现了影男的脸，望着大家，笑着说道。

春木夫人和二宫夫人都怔住了，呆呆地望着这个青年。

“什么，你说他是那个医生化装的？本来我就觉得很像，现在简直是一模一样，真是不可思议！就连笑容都很像。”

二宫夫人说完，发出感叹声。

“做到声音像是很难的，因为他没有听到过小林说话的声音。可像这样的场合，只能采用谁都不像的声音。这是隐身术的秘传。喂，你说句话给两位夫人听听。”

酷似小林的家伙，径直走到二宫夫人身边笑着说：“夫人，在浅草初次见到您的时候，我唱了什么歌？”

二宫夫人听对方这么一说，拍了一下手掌，愉快地笑了。

“啊，太像了！你根本就没有听过那样的声音，却怎么会模仿得这么像？太聪明了！”

影男得意地点点头，道出了接下来的计划。

“现在，这年轻人的化装被你俩认同了。接下来，就请他发挥了。首先，请他以小林的身份回到山谷那家叫旭屋的简易旅馆。现在这时候，他那些伙伴也许还没有回到那里呢！回到旅馆后要主动跟旅馆经理打招呼，届时让店经理证明小林回到了旅馆。这是很重要并且是不可缺少的证据。然后，找自己的房间开门进去。像这种寻找房间之类的事，他非常拿手，绝对不会失败。如果他那些伙伴已经回到了房间，他便装作酩酊大醉的模样，一句话也不说就钻入被窝睡觉。接着，夜深了，周围的人都睡了。这时候他悄悄地起床，寻找小林昌二随身携带的物品。并且，尽最大可能找到小林昌二写的字条或信什么的，模仿他的笔迹写一张留言条放在那里。留言大意是‘我遇到了一位朋友，他给我介绍了一份很适合我的工作，特留此条与你们告别’。然后等到拂晓溜出旅馆，再也不去那里了。这么一来，小林昌二明天早晨确实活着的证据就有了。相反，你们没有看见他死的第二现场成立了。现在，你俩明白了吗？”

春木夫人使劲晃着脑袋表示点头，可脸上还是有担心的表情。她问道：“你这个部下的化装表演肯定能获得成功，可我还是有不放心的地方，那就是小林的尸体如何处置？欲将人的尸体完全消失，那是根本不可能的。一旦尸体被警方发觉，什么都完了。”

“你原来是为那事担心？嗨，那太简单了。”影男边笑边若无其事地说。

影男这番轻松的口气，让两个夫人再次呆若木鸡地望着他。

“什么？藏匿尸体非常简单？”

“是的，方法极其简单，绝对不会被警方发现。但是，在向你们介绍这一手法之前，必须先让我的部下快回到山谷旅馆去。你立刻出发！不允许有任何闪失！记住了吗？与我联系的方式还和原来一样。出发吧！”

化装成小林昌二的男子行礼后走了。

影男送走他回来后不知给谁打了一个电话，随后重新坐到两个夫人前面的椅子上。

“我打了一个电话，通知另一个部下上这里来，让他把尸体从这里运走。不过，有一件事情要与你俩商量一下……”

春木夫人没等对方说完，立即说出了对方接着要说的话。

“是钱吧？”

“你还真有眼力！就是你说的那个事。其实，我是专门做这种生意的。例如名人的隐私之类，掌握这些情况后与其本人交易获得报酬。也就是说，我提供我的智慧和技术来换取报酬，这是我的职业。因此，那些刺客和盗贼之类的都是我的客户。”

两个夫人听到这里，不由得面面相觑，全身颤抖。

“那，你要多少钱？”春木夫人问道。

“你们如果是有钱人又是男士，也许我会开价一千万日元或者两千万日元。可你们是女士，尽管你们的丈夫很有钱，可毕竟不是你们本人所有。因此，我不想说那些超出你们支付能力范围的金额。这样吧，三百万日元。我想这么小的一笔数目，你们即便不对丈夫说也能轻易办到。如果你们不答应，那我只能把尸体放在这里撒手不管了。你们看如何？”

两个夫人相互对了个眼神，顿时作出了同意的决定。只要支付三百万日元就把这件事情解决，确实很便宜。并且就像影男说的那样，只要给这些钱，他手头可以宽绰一点，解决起来方便得多。春木夫人表示赞同。

影男笑嘻嘻地点点头说道：“我让尸体消失的方法，不管谁都会，十分简单，但我不想说得很详细。毕竟你们都是女人，即使你们明白泄露秘密会给自己带来灭顶之罪，可往往会失败在感情上而暴露秘密。这种结果难说不出现。如果出现这种结果，不但你们危险，就连我也会遭殃。因此，尽管你们可能会感到遗憾，但我不可能将尸体消失的方法详细地告诉你们。只能说说简单的情况。在某个地方使用某种方法，十分简单而又迅速地隐匿尸体，其结果，小林昌二的尸体永远消失，绝对不可能被警方发现。

“再过一会儿，我的一个手下驾车来这里，他应该带来了麻袋。我将小林昌二的尸体装入麻袋上车带到某个地方去。到了明天，尸体将完完全全从这个地球上消失。

“我刚才说定的报酬，过一个月后给我。有关交钱的方式，届时我会告诉你们的。你和我绝对不会有任何危险。在这一个月里，希望你们准备好三百万日元，明白了吗？”

两个夫人觉得对方要钱的时间放得很宽，悬着的心终于放了下来。但脸上表情木然，就像喝了迷魂汤似的。

片刻后，影男手下的车停在了别墅门口。影男将小林昌二的尸体装入麻袋搬到车上，接着坐上车消失在黑暗中。

枯　井

影男在好多地方拥有土地，但绝大部分土地都由于战火，到处留有焚烧过的痕迹。

影男时常在这些地方转来转去，与附近的邻居十分亲密。这些土地上有不少枯井。影男说留着这些枯井太危险，打算填掉，于是，用卡车运来了泥土堆在枯井边上。

那天晚上，装有小林昌二尸体的车驶到一个叫尾久的地方，距离代代木非常远。此处非常偏僻，即便大白天也没有人经过，而且周围没有住家，根本不会担心被人看见。

影男与部下抬着装有尸体的麻袋走到空地中央的枯井边上，随即将麻袋扔了进去。接着，用事先准备好的铁锹将井边的土埋入枯井。等到麻袋被土完全盖住后，影男脸上露出了满意的笑容，随后坐上车离开了空地。

第二天早晨，影男以地主绵贯清二的名义出现在尾久。他身着和服，与昨天的装束迥然不同。瞧那模样，好像是当地商店的店主。

他先是在空地上转来转去，接着窥视枯井。等到核实清楚尸体掩埋万无一失后，迈开脚步去拜访当地的土地管理所所长。影男曾经在购买这片土地时，受到过所长的照顾而彼此间成了熟人。

“所长，你好呀！我是为土地而来的。最近因手头资金周转不过来，打算将这片土地出售掉。不过，在让买主看这片土地之前，我想把地皮平整一下，能否请你帮一下忙？”影男试探地询问起所长。

“嗨，你来得正是时候，我这儿正好有两个人闲着没事干，这样吧，我立即吩咐他们。是平整土地吧？那么中间的枯井要不要填平呢？”

“是呵，我早就想填平枯井了，所以还运来了许多泥土。可由于抽不出时间，泥土就一直那样堆着。请吩咐他们把枯井给填掉，反正是没有水的枯井，那样放着很危险。”

“我明白了。现在我俩一起到现场去估计一下平整土地的费用，随后马上请土方公司把土运来。”

自称绵贯的影男带着所长来到那片空地，商量起怎样平整土地。

过了一会儿，一个带着铁锹的男青年走来了，开始平整土地。

“所长刚才说把枯井填掉……是那口枯井吧！旁边堆有许多土，填平它很简单。虽说这一带没有儿童来这里玩耍，可这犹如陷阱般的枯井不填平确实十分危险。”

“是的，我也十分担心。枯井周围的井座已经倒塌，万一有人掉下去，我可得承担赔偿的责任。”

“填平枯井花不了多少时间，我现在就开始干。”

年轻男子说着，热火朝天地干了起来，一边说话一边用铁锹把周围的土铲到枯井里。

影男趁这间隙在空地上转来转去，又到附近的一家烟店买烟。总之，枯井没填平之前，他是不会离开现场的。

过了一会儿，所长带着另外两三个年轻人来了。枯井已经完全填平，刚才那个填土的年轻人开始把那里的土夯实。

“所长，这里就拜托你了，谢谢你哟！平整结束后我会来检查的。”

说完，自称绵贯的影男急匆匆地离开了那里。

枯井深度有四米多，即便有某个买主买下这片土地，只要不建造带有地下室的大楼，那枯井里的尸体就不可能重见天日。也就是说，根本不必担心尸体被挖出。然而，自称绵贯的影男根本不打算出让这片土地，因为，这样做是最安全的。

影男的恶胆，来自他对任何事物的逆向思维。在考虑藏匿尸体的时候，他认为用泥土埋没是最愚蠢的方法。为了埋葬尸体，不得不特地把土挖出来。例如挖洞、填埋，无论手法怎样高明，想得怎么周到，伪装得怎么巧妙，但一看见土的颜色和松软便可明白那是挖过的痕迹。另外，挖洞和填埋需要很长时间。而在这一过程中要避开人的耳目，更是一件极其不易办到的事情。

影男经过了逆向思维后，随即得出了这样的结论。在不需要挖土的地方填埋，完全可以公开进行。于是，他绞尽脑汁想出了这种最为理想的地方。终于，他想出了最妙的场所，那就是没有水的枯井。

脑子里有了这一想法，于是他着手到处寻找这种特殊的场所。在四处寻找后终于买到了他理想中的有枯井且非常冷清的空地。

既不需要耗费大量的人力，也不需要耗费大量财力，便能轻松地得到三百万日元。影男的恶胆和邪智，简直让人毛骨悚然。

公　司

在此期间，扮作佐川春泥的影男依然在不停地创作怪诞犯罪小说。并且，那些来自杂志社的信和稿费，也都是让手下人去指定的邮局取。

可最近一段时间里，影男发现了一个奇怪的现象。在手下送来的邮件中间，每次都有一封奇怪的信，也不写寄信人姓名。信件的内容都是相同的，执意要求影男回复，否则就不停地寄信给他。

佐川春泥先生：

你好！

我是你小说的忠实读者，与一般的崇拜者不同，如果你见到我，一定会对我感兴趣。回这封信的地址，你可以从《黑猫》杂志编辑部那里打听到。

我希望和你单独见面，一次即可。见到我，对你一定有益。当然，对我也有益。

其实，我遇上了一件怪事，希望从你那里得到帮助。作为感谢，我告诉你一件非常奇怪的事情。当然，如果你把这一情节写入小说也无妨。当你听到那么奇奇怪怪的事情后，一定会大吃一惊。

如果你同意的话，请在这封信寄出的邮局留下通话的具体日期、时间和你的电话号码。关于见面地点，请允许我在电话里与你商量。

须原正　敬上

在短短的半个月里，像这样的信，他已经收到了十封。

扮作春泥的影男被写信人如此执着的精神惊呆

了，与此同时也产生了强烈的好奇心。影男自步入文坛以来，曾收到过许多读者的来信。可像这样痴迷的读者来信，还是头一回碰上。

“就见他一面吧！看看他到底是什么样的人。”

影男突然饶有兴致起来，思考后决定按照对方说的，将自己的电话号码以及通话的具体日期、时间留在邮局。果然，对方按照影男约定的日期和时间准时打来了电话。

影男以速水的名义租借了某公寓。

“我是佐川春泥，可以与你见面，想与你商定地点。”

“在银座后面一条路上，有一家叫鲁高库的小酒吧，室内光线不是很亮，但环境十分优美。这家小酒吧的地下室非常隐蔽，我们就在那里见面。时间定在今晚九点，酒吧最热闹的时刻。外面越热闹，对我们来说越安全。”

“好的。晚上九点我会准时到达那里。”

扮作佐川的影男晚上九点，准时进入那家酒吧光线最暗的地下室里。

“请问有个叫须原的客人已经来了吗？”

他向柜台里酷似经理的男子打听，男子便指着里边最暗的场所。虽说有门，可有一半被屏风遮挡着，看不清里面的情况。

包房里有一张长茶几，两侧各放着长沙发。长沙发的角落里，坐着一个身着黑色服装，个头瘦小的男子。

“是须原先生吗？”

“是的，你是佐川先生吧？”

扮作佐川的影男面朝须原坐到了沙发上。

“在这里说话声音大一点，不会被人听见吧？”

“不用担心。我是经过一番实地考察后才把地点定在这里的。”

“那么，我们就开始吧！”

须原端起了服务生送来的杯子，里面盛有威士忌苏打水，呷了一口后，他开始说了起来。

“佐川，我从你写的小说里琢磨出你不是一般的小说家。另外，我们花了一定的时间调查了你的情况。关于我的秘密，我可以放心地说给你听。”

须原似乎是一个思路敏捷的男子，滔滔不绝地说着。

他年龄在三十五岁左右，个头矮小，瘦长的脸略显苍白，看上去身子很单薄。然而就是这样的男子，往往会出人意料，胆大、果断。

“你要说什么？”

扮作佐川的影男保持着高度警惕。

“我们三个伙伴创办了一家公司。其中一个伙伴是女的……”

“他们今天也来了吗？”

“没有。今天来这里的是我一个人。这里的经理不熟悉，你不必担心。”

“那，你叫我来有什么吩咐吗？”

“我们多少掌握了一点你的秘密，但今天我也打算向你公开一下我们的秘密。可我和你事先没有约定，即相互对对方的秘密守口如瓶。”

“明白了。”

“其实，我有事要请你帮忙。但在请求你之前，必须向你解释我们公司的性质。这仅仅是我们三人的绝对秘密，一旦向你公开，就意味着这秘密在世界上被第四个人知道了。不过，倘若谁说出了秘密，那么这个人就会立刻从这个地球上消失的，明白了吗？”

门口放有背景音乐，使得扮作佐川的影男难以听清楚须原的说话内容。

“听你这么说，好像是秘密结社？”

“可以这么理解，但我们不叫结社而是叫公司，纯粹是为了赚钱的公司。当然，我们的公司没有去工商行政管理部门注册，只是我们自发成立的。要是说出公司的名称，你立刻就能知道秘密的全部内容。那是最主要的秘密。但我还得说给你听，否则我和你无法深谈。你是一个专门暴露犯罪的小说家，一听到我们公司的名称，多半是不会吃惊的。”

须原说到这里，朝前探探身，把嘴凑到扮作佐川的影男耳边，慢慢地说道：“杀手公司！”

契　约

须原张大嘴巴，仿佛一口要吞下影男似的。在他那张苍白的脸上，唯有嘴唇带点红色。但他那张苍白的脸根本不像病色，而是一种天生的刺客相。

“这太有趣了！那，营业方式呢？”

扮作佐川的影男听了后没有半点惊讶，反而笑嘻嘻地问对方。

“你不愧是小说家佐川，没有半点慌张的神色和表情。我们这种公司，是不能做广告宣传的。可不声不响又怎么会有客户上门呢？因此，我们三个主要经营者的工作就是寻找客户。也可以说，这跟侦探几乎是相同的工作。可我们不是寻找罪犯，而是寻找那些需要杀手的有钱人，决定价格后便受理杀人委托。”

“原来是这样的经营方式！这样的生意太有趣了！可你们那样做能有生意吗？这是玩命的买卖，如果没有相当的利润……”

两个人说话的语气和十分投机的交谈，犹如两个企业家在商谈一笔生意，但他们继续交谈的内容足以让人魂飞魄散。

“别看有的人社会地位很高，但他们心里往往会藏有杀机。理由嘛，各有不同。但有一点是相同的。从某种意义上来说，越是有钱有地位的人，他越是没有自由。一旦有人妨碍他们的前程和名誉地位，他们一定会用夺人之命的方法除掉眼中钉。当然，这样的思考方法多半是人的本能。只是人可以用道德那样的理性，不让这样的本能变成行动。许多人即便有杀意，可由于害怕杀了人后要受到法律的严惩，不得不迫使自己忍耐。这些人一般来说都有一至两个死对头，就他们的本意来说，希望这些死对头和有可能危及自己的对象尽快从世界上消失。大凡有这种想法的有钱人，一旦明白杀了这些人还能保证自己绝对安全，因此不管成交额多么巨大，都会毫不吝啬地奉送。这样一来，我们公司的生意也就成交了。”

俩人越说越起劲，不知不觉脑袋几乎凑到一块了。从交头接耳到公开谈论，那兴奋的语调仿佛在议论小说情节。

“你们那家公司是什么时候开张的？迄今为止成交了几笔生意？”

扮作佐川的影男一口喝完杯里剩下的威士忌苏打水，仍装作若无其事的样子问道。

“喂，再来一杯！”

须原没有立刻回答影男的提问，而是抬高嗓门招呼服务生。影男见状不由得吃了一惊。这个须原简直胆大狂妄，根本不在乎别人听见他们说什么。不过，当说到重要部分时，他立刻一边注意周围，一边尽量压低嗓门。不用说，须原是一个胆大心细的男子。

“从开张到现在还不到一年。成交这样的生意，必须具备相当的条件。就这一点来说，我们三人可谓生死与共。我们三人都是知识分子，具有超常的聪明才智。我曾经是学者，另一个男伙伴曾经是评论家，女伙伴曾经是医生。从营业开始到现在，这一年里，我们将三十个人从这个世界驱逐了。其中二十五个人是被我们一并杀害的。为了杀其中一个，我们剥夺了其他二十四个无辜者的生命。就杀人合同来说，只不过签订了六个。虽说是六个合同，但公司的收入却一跃达到数千万日元。”

“你们那次将二十五个人杀害的方式，是在列车上还是巴士上？在船上还是飞机上？”

影男的兴趣逐渐增加起来。

“嘻嘻嘻……真不愧是作家！佐川，你的提问太尖锐了！那一次集体被杀是在列车上，具体哪个车次我不便说。就在列车经过高高的悬崖，急刹车的时候，我们将大石块朝着列车滚落。大石块掉落在列车钢轨上。由于列车来不及反应，驶到大石块上，致使一节车厢与其他车厢的联结器断裂而坠落谷底，车厢里一共是二十五名乘客。”

“杀人目的达到了吗？”

“是的，这纯属偶然。目标人物居然在死者中间。如果目标人物不在其中，我们还打算采取其他措施补救。”

“是谁滚落岩石的？”

“当然不是我们喽，是无罪的孩子们。指示孩子们将岩石滚落到列车钢轨上的则是我们。孩子们还小，根本不会考虑后果的严重性，只觉得是恶作剧而已。再者，唆使他们的是来无影去无踪的施行者，脸上也没有一丝恶意。因此，像这样的事件发生，孩子即便被抓住，也不能定什么罪。”

“太有趣了！我也曾经写过那样的小说。”

“是的哟！我是受你小说的启发采用这一办法的。”

“什么？我的小说？”

“是的，所以说我是你的忠实读者嘛。”

须原这个奇怪的男子说完嘻嘻笑了。

“其他五种杀人场合，我们也动了不少脑筋。

如把对方的脸按入盛满海水的盆里致死，然后将尸体扔入涨潮的大海里，制造溺水身亡的假象。或者，将拳打脚踢致死的尸体装车驶向悬崖，随即连同车一起推到崖下，伪装因车辆事故而死的假象……总之，我们想了不少办法。我们是杀人专家！即便得到的钱不怎么多，也不希望杀人的手段太普通。并且，杀人是完全犯罪，我们必须有清醒的认识，杀了人以后，绝对不能被警方发觉。我们也雇用一些能代替我们成为罪犯的男子，例如那些叫花子，一进入拘留所或监狱，还有人管他们的饭，不必担心挨饿。不过，在使用这种人的情况下，我们不能让警方觉得这是一种有计划的杀人犯罪，而要让警方觉得这是一种过失杀人犯罪。这种杀人犯罪，通常是不会被判处死刑的，而且有期徒刑的时间也不是很长。”

俩人谈到这些重要内容的时候，声音会突然间变得非常轻，用不着担心让人听见。可尽管如此，在公共场合说这样的话还是一种冒险行为。

扮作佐川的影男看了一下手表，将须原说的话返回最关键的话题上。

“贵公司的经营范围以及业绩，我大致清楚了。请问，你有什么要托我办的？”

“简而言之，我们希望你当敝公司顾问，发挥你在这方面的天赋才能。杀人既要干得漂亮又要讲究艺术，这不是能轻易做到的。再说委托杀人的客户越来越多，我们应接不暇。在这种情况下，要使公司进一步发展，无论如何需要一个天才顾问。例如，你曾经写过将尸体隐匿在枯井里的这样一本小说，并且，为达到这一目的，你还写了一个崭新的方法，在各地购买有枯井的空地。我们读了那篇小说后佩服之极。我们隐约觉得，你不仅写这样的小说，而且事实上你肯定拥有那种类型的土地。怎么样？我们的判断没有错吧？”

“哈哈……那是小说！你把虚构与现实挂钩，真让我感到困惑呀！”

“你可以蒙骗其他人，但在我们面前，你这样说等于白搭。我在一开始见你时不已经说了吗？我们在某种程度上知道你的情况！嘻嘻嘻……”

须原说完，白了对方一眼。匕首般的眼神，足以让老奸巨猾的影男感到震惊。

“抛尸的场合，既安全也不安全。今后，我们需要的时候有可能使用你那有枯井的土地！当然，我们会支付高于土地价十倍的酬金给你。”

“如果我有那样带枯井的土地，一定借给你。要是没有，也请你别见怪。我可以先答应你。对我来说。允诺借给你们的，只是我的智慧。”

“是的，是的。我没有说要你出借生命。”

“那，请告诉我顾问费是多少？”

“好，我就打开天窗说亮话吧，四个人合作，利润也由我们四人平均分配。也就是说，你和我们一样，获得公司总收入的百分之二十五。”

“那，假如我不同意呢？”

“我们也不会强求你，但有一点，我们见面一开始就已经有口头约定，如果你泄露了秘密，我们就会把你除掉。但如果你不违背约定，那你是自由身，随你怎么着。实话告诉你吧！即便你把今天晚上我说的内容告诉警方，我也无所谓。我可以当着警方的面说，刚才说的全部是虚构的，编造这些故事，纯粹是想取悦作家佐川春泥。这是因为一般人不会相信世上有杀手公司。”

扮作佐川的影男开始喜欢起这个思路敏捷的须原来，与这个充满智慧的须原共事，肯定能干出许多有趣而且轰轰烈烈的大事。

“好，我很欣赏你，愿意接受你的请求，出任贵公司的顾问。”

听扮作佐川的影男这么爽快答应了，须原笑出了声。

“谢谢！那我们就一言为定了哟！彼此之间的契约我想不必白纸黑字证明了。为保险起见，我们不留下任何证据。只是，违约的话，需要付出生命的代价。从现在起，你得对我们公司承担责任。也就是说，如果你泄露我们的机密，我就让你从这个世上永久消失。明白了吗？”

“我决不会泄露秘密！因为这已经成为我们之间的秘密。保密对你我都同样重要。在我们今后的合作过程中，你们会渐渐地知道我的秘密。”

“不能在这里说，改在别的地方说吧！明天上午我打电话给你，你在吧？”

“其实，我真的很忙。好吧，为了你们就赔上明天一天的时间吧！我明天不外出，等你电话。”

扮作佐川的影男拿起帽子，站了起来。

妙　计

第二天正午刚过不久，扮作佐川的影男与须原在浅草公园的花园门口见面了。

花园里游客不多，大型游览车在空中慢慢地行驶，需要坐车观花的游人可以随时上车。他俩购买了门票后坐上游览车的其中一节车厢。

游览车的车厢之间的距离较大，每节车厢里只能乘坐两个人。其他车厢里乘坐的几乎都是一对对年轻男女。

“怎么样？这里是说悄悄话的最好场所吧？咱们可以一边俯瞰东京，极目眺望品川那里的大海，一边说悄悄话，既不必担心隔墙有耳，又能畅所欲言。”

“你选择这儿很合我的想法。这里确实是绝佳的场所。好吧，我要开始说了。”

须原从口袋里取出一支烟，点上火。扮作佐川的影男见状也点燃了一支烟。

天空万里无云。两个人乘坐的那节游览车厢沐浴着和煦春光，朝着天空慢慢地抬升。

“那人的姓名不能说。假设他姓X。

“X还不到四十岁，妻子身体很弱，整天躺在床上。为了找助手，他特地雇用了一个年轻且长得十分漂亮的女子。但这女子有丈夫，可她长时间没有对X提起这事。女子欺骗X，敲诈到钱后便寄给自己的丈夫。我也是通过调查得知这一情况的。X是从某一件事情中得知了女助手是这样居心叵测的人。过去，他不清楚女助手究竟是什么样的女子，把自己的一切放心地交给了女子。总之，女子需要什么，他就尽力满足她所提的各种要求。然而当得知真相后，X暴跳如雷。事态的发展最终走向了极端，X决意设法杀死这个女子。既然决心已定，X也就根本不把女助手的丈夫放在眼里。女助手的丈夫原本也是一个善良的人，可不知不觉受妻子影响，竟与妻子串通一起来欺骗X。不用说，女助手的丈夫当初也规劝过自己的妻子。因此，X决定只杀女助手以报仇恨，让她知道恶有恶报。可是，X不想为了除掉这个女人而搭上自己的性命。也就是说，既要除掉女助手，但又不让警方怀疑自己。他希望能这样来了结他的心头之恨。

“我们公司察觉了X的这一想法后，便开始与他交涉。一开始，X不愿意敞开心扉暴露自己的想法，而且也不相信我们。这就像昨天晚上我对你说的那样，我们向他举了许多实例，让他知道我们公司的实力。经过一番仔细耐心的解释，他最终同意委托我公司帮助他除掉女助手。报酬是五百万日元。其他如餐费、交通费等，他答应再增加一百万日元或者两百万日元。他说必须采用安全的杀人方法，制造他不动手和不在现场的假象，还要让他目睹女助手被杀的场面。我们设想了许多方案，可都达不到他提出的这些要求。为此，你作为担任本公司顾问的第一项工作，想请你提供能满足X要求的杀人方法。”

湛蓝的天空中飞过一架直升机。

两个人乘坐的车厢已到达顶上，眼前出现了高耸入云的富士山。

“那个X客户住在什么地方？”

扮作佐川的影男慢慢地开口询问道。

“住在世田谷高台，是一幢大型别墅。”

“高台？”

“是的，是风景优美的高台。”

“大概是二层楼的建筑吧？”

“嗯，是的。”

“从那幢别墅的窗户可以看见空地吗？”

“窗外都是空地，那一带还有许多旱地。”

“从那二楼可以看见的空地……尽可能距离X别墅远一些为好。能不能买下四百平方米或者八百平方米的空地？打算买下的那片空地附近，最好没有住宅。”

“你说的那样的空地，那儿有。只要豁出去，不管价格有多高，可以立刻买下。”

“对了，我有一个绝妙的方案。以贵公司某个人的名义买下那片土地。至于钱嘛，当然是请X客户支付。然后在那片土地周围竖起板墙，但板墙一定要高。也就是说，站在X客户别墅的二楼或者附近的别墅最高层看不见围墙里面的动静。接下来，在那片空地的适当地方挖坑。挖坑时，必须是你们自己挖。坑的深度至少三米至五米。如果两个男人挖，半天就足够了。接下来要做的，稍稍有一点困难。这项工作也必须由你们自己亲手去做。即把那堆挖出来的土筛一遍，然后在细土上加水变成泥状，再将它返回坑里。当泥土将坑填满之后，再进行平整，使之与周围的土混合在一起。准备工作就这样结束了。接下来的工作，是请你们公司那个女合伙人去完成。让她和X客户的女助手成为朋友，伺机再把女助手引诱到围墙的空地上即可。”

“嗨，那么简单的过程能达到X客户提出的要求吗？”

“当然，当然能，这与X客户提出的要求完全吻合。”

“我公司的女合伙人引诱女助手，这难道不危险吗？必须保证她绝对安全，否则可就麻烦了……”

“除X客户的女助手外，只要脸长得像就行。不是在X客户家里，而是在别的地方，只要是女助手单独一人时，与她结识就行。最好是化装！在把女助手引诱到现场的途中，不断地换乘交通工具。最后那辆直达现场的车，必须是你们两个男合伙人中间的一个驾驶。怎么样？你会开车吗？”

“会的，我俩都会。”

“好了，都具备了，肯定大功告成！”

对于须原来说，扮作佐川的影男制订的计划，尽管还有点模模糊糊的，可大致上还是明白的。他不由得露出笑脸望着影男说道：“不愧是佐川先生！你刚才提出的确实是一套最佳方案。完全可以满足客户提出的各项要求。”

“这么说，你已经明白了？这么快就理解了？

佩服，佩服。”

“还有一些细节虽还不太明白，但大致能想象得出。不过，这确实是一个让人震惊的杀人方案，且相当残酷。”

两个人相互望了一下对方的脸，嘿嘿地笑了。

就在空中观览车运行的几分钟时间里，两个人在东京的上空策划了一出令人毛骨悚然的杀人计划。

沉　没

世田谷的边上，有许多与旱地相连并且很冷清的地方。一些新建住宅之间离得比较远。

在可以俯瞰那片旱地的高台上，有一幢超豪华的大型别墅。周围是非常坚固的石块堆砌的围墙，围墙里树木林立，枝繁叶茂，中间便是那幢日式风格的两层楼别墅。站在二楼窗台，可以眺望周围的景色。

这幢大型别墅附近，有一幢叫夏殿的别墅。别墅主人是某制药公司的总经理，叫毛利几造，今年还不到四十岁，是一个非常富裕的有钱人。

在距离毛利别墅四百米左右的旱地里，两三天前传来铁锹与铁榔头的金属声响。旱地被平整了一番，周围竖起了板墙。

从这项工程开始那天起，毛利就买来了一台价格昂贵的十二倍的双筒望远镜，将它架在二楼卧室里，每天眺望这片工地。毛利别墅与这片工地现场之间没有建筑物之类的视线障碍，把眼睛凑在望远镜上，可以将工地现场的情况看得一清二楚。

堆得像山一样的木板后面的空地上，有一层白色的细沙，沙子好像是从海边运来的。前一天深夜的时候，围墙里好像进行过什么作业，可由于当时没有光线，看不清楚里面在干什么。

除毛利住宅外，附近没有其他住户。能看见木板后面情况的，唯毛利别墅二楼拐角的一个房间。板墙全部竖起后的第三天，毛利接到了一个奇怪的电话。

“明天中午一点钟开始有一台好戏，请别错过机会。另，请通知你家里所有的人不要外出，明白了吗？”

对方连着重复了三遍相同的内容后，挂断了电话。

到了第二天，毛利来到二楼拐角的那间屋，拉开一扇落地窗，把阳台那里的藤椅放到一边，坐到一张桌子前面。桌上放有一架望远镜。

二楼窗台下边的院子里，看院子的老爷爷从早上就开始在修剪树枝。楼下玄关旁边的小房间里坐着一个寄宿学生，厨房里两个女佣正在洗碗。后院的洗衣房里，一个女佣正在专心致志地洗衣。

宽敞的二楼里，只有毛利一人。这是根据电话里的那个男子指示，毛利特意把自己留在别墅里。也就是说，在玄关、后门，以及其他主要地方都配备了用人。毛利规定任何人外出绝对不能让别人看见，倘若一定要外出，那只有一条路——沿着屋顶下到院子里，随后翻越石围墙外出。可那里有看院子的老头儿，这条路也走不通。

进行了一番布置后，万一后天如果有人怀疑毛利，大家都可以证明毛利在二楼。也就是说，毛利没有外出。可事实上那段时间里，毛利没有跨出二楼房间一步，这构成了毛利不在杀人现场以及没有时间杀人的证据。

时针正巧指向一点的时候，一辆车停在道路上，距离板墙一百米左右。毛利见状，立即把眼睛凑到望远镜上面，望远镜里出现的车大得仿佛就在眼前。

车门开了，走下两个女子。先下车的是一个三十五六岁的女人，对于毛利来说是一个陌生女人。紧接着下车的是一个二十多岁的女人，长得非常漂亮，可举止很傲慢。

这女子背叛了毛利，叫比佐子。

这情景一出现在望远镜里，毛利顿感愤恨，脸上的五官变得歪斜，搭在望远镜上的手也微微颤抖起来。毛利的视线紧跟着两个人的背影，片刻后又把注意力集中到周围，搜寻是否还有其他人。附近连一个人影也没有。

毛利总算松了一口气，与此同时，猛然觉得自己的心跳在加剧，呼吸也跟着急促起来。

“那个可恨的家伙就要去见阎王了，她本人绝对不会想到别人为我报仇。你这个坏蛋，现在你该知道欺骗我的下场！”

两个女子走进了板墙里，踩着沙子朝这边走来。毛利的望远镜不偏不倚地朝着她俩，不时地调整角度。就在这时候，走在前面的那个女子不知想起了什么，猛地朝前奔跑起来，不是笔直的线路，而是忽左忽右地一边转弯一边狂奔。不一会儿，她跌倒了，好像是被什么东西绊倒的。

“救命！”

毛利听不见她的喊叫声，可她的表情和嘴形证明她表达的是这个意思，而且她还在拼命挣扎。刚才走在她身后的那个女子——比佐子小姐见状大吃一惊，慌慌张张地朝那里跑去。她奔跑的是直线，目标是跌倒在地的女子那里。

奔跑了十步左右，可怕的事情发生了。

比佐子小姐穿着高跟鞋的脚一瞬间动不了了，仿佛被沙子吞没似的往下陷。她企图抬起右脚，可由于用力过猛，左脚反而陷得更深了。

毛利的望远镜里，清晰地映着比佐子小姐慌张的神情。

她不停地挥手，不停地挣扎着双腿，可越是挣扎，腿陷得更深了。眨眼间，沙子没过了膝盖。在这种状况下，脚已经不可能抬起，逐渐变得僵硬，仿佛要被拽向地底下似的。

终于，比佐子小姐似乎明白了一切。那张漂亮的脸蛋变得歪斜丑陋起来。周围是没有底的淤泥地。她瞪大眼睛，眼珠子好像要蹦出眼眶似的，嘴巴也张大变了形，好像在喊叫。那模样，似乎在向前面那个倒地的女子求救。可那个之前跌倒的女子，不知是听见还是没有听见，没有丝毫反应。

毛利将望远镜直接朝着那个女子，她满脸阴沉沉的笑容，躺在地上，没有爬起来上前救人的迹象。再看比佐子小姐，泥沙已经没过了她的大腿。漂亮的裙子像浮在水面上的荷叶。随着她手舞足蹈般的挣扎，泥浆不断朝上翻滚。比佐子小姐似乎打算抱住什么，伸长手臂去抓住周围的东西，可手一触及旁边，她明白了，这儿到处都是淤泥地。于是，她慌慌张张地缩回了手。

这里乍一看是坚硬的地面，表层是沙子，下边却是无底的淤泥。她眼前的这片地，失去了支撑她的力量。比佐子眼前很近的地方，是那个带她一起来的倒地女子，可她没有往下陷，而是倒在坚硬的地面上。淤泥地就那么一小块，在比佐子的脚下和她周围。

要能爬到她那里就有救了！只要朝那里爬上一米就行了。

她拼命地朝那里爬，可依然在原地。下半身似乎早已失去了自由，就连稍稍晃动身体也不行。比佐子小姐仿佛变成了侏儒姑娘，只裸露出大腿以上的身体部分。

望着比佐子那张美丽的脸像野兽那样狰狞，毛利瞪大眼睛凝视着。看着她那似乎在大喊大叫的嘴巴，毛利开始担心声音被人听见。

其实，担心是多余的。就连距离比佐子小姐最近的毛利别墅，也听不见那有气无力的叫喊声。毛利估计声音传不到别人的耳朵里后，又把望远镜的焦点对准了比佐子小姐。

这时候的比佐子小姐，泥沙已经没过了她的腹部。她显得很痛苦，身体晃动得更加剧烈了。这时候，她的身体与淤泥地的边缘距离缩短了，只要稍稍再缩短那么一丁点儿，手就有可能抓住坚硬的地面。此刻的她已经披头散发，发疯似的晃动着上半身。两只手在空中乱舞。

就在这时候，前面那个倒地的女子终于爬了起来。她转过身来蹲在痛苦挣扎的比佐子小姐边上，没有伸手救助，而是不停地晃动着嘴巴，好像在代表毛利宣布她死刑的判决书。

比佐子小姐一边听着自己背叛毛利的罪行，一边继续下沉。整个胸部渐渐地被泥沙遮没了。剩下的只有脸还露着。可再过一会儿，泥沙将遮没比佐子小姐的脸部。

可恶！可恶的脸！那张脸将永远从这个世上消失！

毛利此刻的心情稍稍变得奇妙起来。他那燃烧着报仇雪恨的心里，猛地涌出怜悯之情。可事到如今已经无法挽回。假设上前救助，会暴露自己的罪行，下一回肯定轮到比佐子向自己报仇。毛利想起了比佐子的背叛给他带来的痛苦，脑海里掠过的救助念头顿时荡然无存。

比佐子的嘴巴、鼻子、眼睛被泥沙一点点吞没了。

毛利不由得离开望远镜，闭上眼睛，嘴里发出一种既不像叹息也不像吼叫的声音。

这时候，他的脑海里不时地闪出强烈的悔意。

毛利闭了一会儿眼睛，感觉脑袋不时地颤抖。接着，他又举起望远镜眺望，握着望远镜的手也不听使唤地直抖。

比佐子的头发也被埋没了，仅剩下两只手在泥沙之上，酷似两只小动物在地上蠕动。然而，不一会儿，手指全部消失在泥沙里了。

泥沙的一部分变成了黑色，表面在咕咚咕咚起泡。又过了一会儿，一切都平静了。

推　销

这不像我，那种事情，我并不放在心上……

影男从一开始就大口大口地喝着酒，同时心里还在嘀咕着。

他的周围，几个身穿美丽服装的小姐正在聊天。化装成丑角的男子们则以奇妙的步伐转来转去，朝客人们说着恭维的话。

舞台中央，正在表演杂技。三个全身涂满金粉的舞蹈演员，在一片金光闪烁中跳起了蛇舞。他们身上沐浴着红、蓝、黄等五色灯光，营造出一种特别的气氛。

观众席上，五色彩带雨点般地射向舞台，又如同仙女散花般地洒落在三个金光闪闪的舞蹈演员头上。与此同时，无数美丽的大气球在舞台的上空飘荡起来。

这里是银座德拉宫舞厅。

影男坐在舞台正面最中间的座位上，全神贯注地望着疯狂的热闹景象。但是，即便在这样热闹的场合，刚才令他厌烦的事还是难以忘掉。传授给须原他们的杀人计划听说已经获得成功。于是，从领取这笔报酬开始，这种糟糕的心情一直像阴云一样笼罩在身边。

他仅仅是制订了计划。尽管他想用这种借口为自己辩解，可这一切是自己策划的。正是由于他的计划，年轻美貌的女子一边挣扎着一边陷入泥潭的痛苦情景始终在自己的眼前浮现，折磨着自己。

喝醉了，也许可以忘了它。想出这么一个解脱的办法，影男扮作殿村启介来到这家舞厅解闷。他不经意地回头一看，察觉有一个满头银发的老人站在那里。

“觉得没劲吧？对这样的气氛，是不是感到厌倦？你是有钱人吧？既然是有钱人，干吗不去另一家舞厅？那地方比起这里不知要好多少倍呢！”

老人似乎戴着银白色的假发，密密麻麻的。还有银白色的胡须朝着两边翘起。下巴那撮白花花的胡须一直垂至胸前……身穿笔挺的黑西装，看上去是一个气质非凡的老人。但给人一种莫名的恐惧。

“怎么样？你若感到无聊和寂寞，可到那里去。届时，你一定会觉得这世界多么奇妙。”

白发老人站在扮作殿村的影男身后极力劝说，嘴距离他的耳朵越来越近，不断重复着同样的内容。

“在什么地方？”扮作殿村的影男突然产生了强烈的好奇心，问道。

“在东京，坐出租车不到一小时可到达。”

“你能担当向导吗？”

“可以！”

白发老人猛地压低嗓音。

“但要现金五十万。”

“五十万？我现在身上没带那么多。其实，这点数目对我来说不算什么，可今天……”

白发老人微笑着说：“原来没带啊。那，可以先看后付款。不过，必须是你一个人，否则很难办……”

“那，让这些小姐在这里等。”

“不，让她们等是不可能的，去那儿究竟需要一天还是两天，得根据你的心情，一星期也行，甚至一个月也行，又或许一年……”

白发老人脸上浮现出难以捉摸的那种可怕笑容。

扮作殿村的影男听白发老人这么一说，越发感到好奇。

这白发老人也许真让我看价值五十万日元不可思议的东西。或许，他是恶意诈骗。不管怎么样，先顺着他的话说。

“先让这些小姐回家吧！钱嘛，今晚带的太少……”

“明白了，明白了。得明天去那里了，我们必须找地方抓紧时间商量。”

“上哪儿去？”

“一个安静的场所，就在附近，我来带路。”

扮作殿村的影男对这个奇怪的老人产生了浓厚的兴趣。

打发小姐们离开后，影男跟着白发老人走出了舞厅。白发老人把影男带到了一家距离舞厅不远的小酒吧，选择了一个最里面的小包房。

两个人围着小桌，面对面地坐下。接着，白发老人像说悄悄话似的打开了话匣。

“这需要绝对保密，明白了吗？这三天里我一直尾随着你，对你进行了充分的观察，最终觉得你这个人做事牢靠，便主动找你说话。我说的这笔生意，你我之间都不需要提供姓名。你只要支付五十万日元就行，我只要把你带到那里就算成交了。”

“到底是什么地方？”

“是荻洼对面的地方，坐中央线列车就可到达。”

“有没有人知道那里有你说的那种东西？”

“有人去那里看过，但需要支付五十万日元。

去的人必须对那里的一切守口如瓶。除住在那里的人和我以外，谁都不知道。”

“什么？你说有人住在那里？”

“是的，那是秘密。你看了以后会明白的。我们在那里的世界，完全是另一种天地，可以称作天国，也可以叫作地狱。总之，它与这个世界截然不同。”

“那，大概也是一种魔术吧？不管是如何奇妙的魔术，五十万日元的入场券是否太贵了？”

“主要是场地费昂贵，因为那里不是一般的场所，很少有人去那里观看。不是任何人支付五十万日元都可以去那里的。”

“既然要支付那么昂贵的入场券，里面一定很精彩吧？”

“不用说，非常有吸引力。可以欣赏许多有趣的东西。而那些又都不是这个世界的东西，都很难以想象。”

“有没有危险呢？”

“也许有那么一点。试想，凡是冒险和刺激的事情，如果不带一点危险，就不会有什么趣味。你清楚那种刺激是什么，所以我特地邀请你。如果我的判断是错的，那我们就在这里分手吧！”

白发老人似乎很不满意影男喋喋不休的提问，摆出起身离开的架势。

“好，好，明天晚上我带五十万日元来。那，请告知时间和地点。”

“啊，没想到你下决心时会这么果断。像你这么果断的客户，是我迄今为止遇到的第一个。地点是这里，时间是晚上九点……”

水　下

第二天晚上九点，两个人还是在昨天晚上的那家小酒吧里见面了。

扮作殿村的影男递上五十万日元，白发老人核实了之后又还给了他。

“这钱，你到那儿后再支付。这是那家店主收的，我得到的只是其中的一部分。”

白发老人把他带到轿车边上。

司机肯定是白发老人的搭档。轿车飞驶了四十分钟后到达了目的地。四周是水泥围墙，里面是一幢超大型别墅。

白发老人取出钥匙打开铁门，把扮作殿村的影男带到里面。

影男环视了一下周围，眼前是一座超大型别墅建筑。可别墅后面好像有朦朦胧胧的光线，但所有窗户里都没有灯光。

“这本来是一幢非常漂亮的住宅，可现在却成了某公司的仓库。不过，我不在这里办事，后面有池塘，我是下到池塘里面。”白发老人凑到扮作殿村的影男的耳朵边上说。

“什么？下到池塘里？”

影男吃惊地问道，白发老人发出轻轻的笑声。

“说是下去，并非在水里，你马上就会明白的。”

他俩在黑暗中朝前走去，不一会儿来到宽敞的院子里。看模样，这儿原来是一个非常气派的院子，树木林立。

片刻，皎洁的月光洒落在池塘水面上。

白发老人拉着影男的手来到池塘边，一起坐在池塘边上。池塘呈不规则的椭圆形，直径看上去有十五米，黑乎乎的水面静悄悄的。

“刚才我说过，我要下到池塘里办事。请仔细看好池塘中央。”

白发老人一边用警惕的眼光打量着周围，一边轻声地说。

在这样的深夜，坐在这样的旧池塘边上，即便没有任何声响也会感觉毛骨悚然。尽管影男充满了好奇心，心却扑通扑通地越跳越快。

随着眼睛渐渐习惯了黑暗的同时，周围慢慢地亮了起来。比想象中还要宽敞的院子里，四周是黑压压的树林。池塘里竖立着一个黑色的东西。经过仔细辨认，原来是直径四厘米左右的铁管，端部朝旁边弯曲，铁管高出水面六十厘米，弯曲的铁管端部朝着他俩坐的方向。

“你发现什么了吗？你觉得那是什么？”白发老人压低嗓门问道。

影男没有说话。白发老人解释道：“那是潜水望远镜！”

“在池塘里用望远镜观察？”

“是的。当然，这么暗是看不清楚的，必须是白天。”

没想到影男面对着这样的潜水望远镜，也愣住了。他大吼一声，把两只手臂交叉抱在胸前。

隐藏在院子的旧池塘里，伸出长长的潜水望远镜观察外景的家伙到底是谁？这样古怪的家伙自己还是头一回见到，看来，这人一定非常有趣。支付了五十万日元来这里，看来还是值得的。

看着看着，那架潜水望远镜朝他们那里延伸。片刻，那弯曲的端部伸长了一米。紧接着，池塘里的水开始不寻常地晃动起来，一个庞然大物突然浮出了水面。

庞然大物表面是平的，从角落里伸出的，便是刚才的那架望远镜。这么小的池塘里，莫非有微型潜水艇？！

影男觉得不可思议，脑子里开始浮想联翩，他侧过脸问身边的白发老人：“这是真的潜水艇吗？”

“不是的，只能说是像潜水艇的形状。那粗粗的圆筒状的东西时而浮出水面时而沉入水下，是到达目的地的唯一入口。”

“你说的目的地是指什么？”

“就是让你看精彩东西的地方，是天国和地狱。”

影男连连点头，即刻明白了老人说的意思。

这样的设计简直太妙了！不会有人想到去地下的入口居然在这里！那么，需要守口如瓶的秘密究竟是什么呢？

影男一想到这里，顿感心跳更剧烈了。

怪　景

出入口圆筒朝水面上伸出六十厘米左右时，猛然间停止了。上面的圆形铁盖啪地打开后，伸出铁梯那样的东西，紧接着迅速地伸向池塘边。

与此同时，圆筒里出现了一个人，轻松地沿着铁梯走到了岸上。

影男被深深地吸引住了，瞪大眼睛望着人影。那人身着黑色的紧身衬衫和紧身裤子，朝着他俩走来，并且好像已经知道白发老人带来了客人。

白发老人见男子走来，赶紧站起来朝他走去。两个人站着聊了一会儿。接着，白发老人转过脸来，朝着影男介绍那个男子。

“下面，由他担任你的向导。五十万日元等会儿交给他就行了。我就不奉陪了，失礼了。”

“这人是谁？”影男问道。

白发老人挥了挥手，制止影男的提问。

“他没有名字，他的任务只是带你去那个不可思议的地方。接下来你要去的那个地方有许多人，可谁都没有名字。不用说，你也没有必要说出自己的姓名。这男子相信我，把你当客人接待。你相信他，跟着他就行了。”

白发老人说完，轻轻地笑了笑，随后又挥挥手转身走了，消失在茫茫的黑暗里。

身着紧身衣裤的男子则朝白发老人恭恭敬敬地鞠了一躬，牵着影男的手。

“请跟我来。”

听声音，这男子年龄在三十岁左右。他带着影男沿着楼梯朝圆筒出入口走去。

影男默默地跟着朝那里走去，走完铁梯来到圆筒出入口。这时候，男子手指着脚下的圆筒出入口说：“这里面有铁梯，请踩着铁梯朝下走。”

说完，男子走在前面。影男也学着他的爬铁梯姿势朝圆筒深处行进。

两个人消失在圆筒深处后，架在池塘边的铁梯自动缩回圆筒内侧，与内侧竖着的铁梯重叠在一起。紧接着，铁盖无声地降下，与圆筒出入口合在一起。

圆筒内部漆黑一片，什么也看不见。影男猛地站住了，感觉自己好像在乘坐电梯。

明白了，圆筒在朝池塘底部下降。

过了一会儿，圆筒不动了，眼前的铁壁上出现了一道缝隙，一丝光线射了进来。光线逐渐变粗了起来。圆筒内壁的一部分变成了门，并且向内侧打开。

两个人从敞开的门滑入横通道。像这样的两重门，即便在水里也不会让水浸入。

横通道，是模仿自然岩洞的形状用水泥砌成的。

不知来自哪里的昏暗灯光，将周围照得蒙蒙亮。

洞窟入口处有一扇铁门。男子打开铁门，里面是一个小房门，也是模仿岩壁，用水泥制作的。

男子带影男来到房间里。

粗糙的茶几和两张长沙发，桌上放着电话和文具。墙上装有配电箱，排列着许多开关。

他俩隔着茶几，面对面地坐到椅子上。

“我们就在这里成交吧！请把钱拿出来给我。”蒙面男子说。

影男顺从地将事先准备好的五十万日元交给蒙面男子。

男子点了一下纸币，用手制止又要提问的影男，用命令的口吻说道：“你什么都别问，我是不会回答你的，因为我只是看门的，不能回答你提的任何问题。不一会儿，你将明白所有一切。你可以先慢慢地、愉快地欣赏地底下的另一个世界。一直朝里走，这是一条道，你不会迷路。不久，你将碰上美丽的向导……对不起，我就在这里告辞了。”

男子站起来推开铁门。

影男独自来到刚才的洞窟，与此同时，背后的铁门啪地关上了。

按照蒙面男子刚才说的，影男沿着这条路不断地朝深处走着。尽管影男有一定的心理准备，但不免略感害怕。虽说是人工洞窟，可此刻给人一种自然岩洞的感觉，仿佛自己被困在地底下，四周弥漫着阴沉沉的空气。

又过了片刻，影男来到弯曲洞窟的拐角。沿着拐角转过弯去，眼前即刻浮现出白色的东西。

他顿时站住了。

只见那里站着一个亭亭玉立的美女，其背后是黑色的岩石。身着白色紧身衣裤的女子，有着一张漂亮的脸蛋，正笑盈盈地望着影男。

影男直勾勾地站在那里，不知如何是好。美女走上前牵着他的手走在前面，没有说话。

一来到洞窟较宽阔的地方，只见美女将手放在旁边的岩石上。于是，眼前的一块岩石朝里移动，出现了一个黑窟窿。刚才那块移动的岩石，是这个洞窟的门。

与此同时，有一阵暖风拂面而过。洞窟里飘着白色的烟雾，什么也看不见。不一会儿，影男明白了，那不是烟而是热气。

美女依然一声不吭地朝前走着，引导影男朝热气里走去。

这时候，又出现了一个美女，也不知她从哪里来，两个美女开始围着影男，为他脱衣。影男任凭对方摆弄，既不反抗也不吱声。接着，两个美女把他带到温泉边上。

影男把身体泡在温泉里，当他感到全身暖和的时候，两个美女又牵着他的手离开了温泉池，给他穿上黑丝绒的紧身衣裤。

穿戴完毕，影男顿感自己变成了另一个世界的人。美女在为他服务的过程中没有说过一句话，一直是笑容满面。

忘记外面的人世间，脱下外面人世间的服装，让来者变成地底下另一世界的公民。这样的做法太好了！很合自己的意愿。

影男心情变得特别舒适后，走出这个岩石澡堂。紧接着，身后传来一阵风，门关上了。可那两个美女没有出来，被门挡在了里面。

影男又独自一人站在了门前的洞窟里。无可奈何，他又迈开脚步往前走。越朝里走，洞窟变得越窄。不一会儿，变成了只能一个人行走的狭小通道。

照明暗了下来。周围伸手不见五指，可影男并不打算往回走。无疑，再往里走，一定有什么特殊的东西。

可窄窄的小道已经到了尽头，不能再往前走了。

影男用手在黑暗里上下左右地摸着，可周围是光溜溜结实的岩壁，没有离开这里的通道。然而他仍然没往回走，耐心地站在黑暗里等待着奇迹。

突然，前面的岩壁无声地朝旁边移动，出现了一条通道。原来，是岩石门。紧紧挨着岩石门的，是陡峭的石台阶。影男毫不犹豫地沿着台阶向上攀登。

爬完台阶，影男顿时感觉眼前一亮，站在那里能看到一望无际的大海。

啊，我是做梦吧？不可能！

哗，哗……传来浪涛声。远处的地平线呈圆弧形。这里既没有岛，也没有船，只有天空和海水。

再看看脚下，也不知什么时候，刚才走过的石台阶和入口不见了，无论怎么搜索依然没有找着。

一望无际的大海上只有他一个人站在孤岛般的岩石上。

这时候，他眼前的大海里发生了奇怪的现象。海中出现了一条大鱼的尾巴，高高扬起了白色的水花。大鱼闪着银色的光，每一片鱼鳞的直径足有二十厘米。它晃动着尾巴，在波涛中间摇摆。一个翻身后，大鱼在水面上裸露出上半身。瞬间，大鱼成了美女。

美女的黑发随着波涛漂荡，两条漂亮纤细的手臂在天空中闪现。下半身是银光闪闪的鱼身体，上半身却是个美女。也就是说，这是条美人鱼！

它漂亮得简直难以形容，而且越看越觉得可爱，让人心旷神怡。

美人鱼鲜红的嘴唇间露出了珍珠般的牙齿，朝着影男微笑。

奇　花

影男呆呆地望着美人鱼，眨眼间，海面又起了波浪，一个白色的东西浮出了海面。

那也是美人鱼，既漂亮又可爱。眼下，海面上一共有两条美人鱼。

“亲爱的客人，欢迎光临。现在，我们带你到海底去。”

其中的一条美人鱼笑嘻嘻地对站在岩石上的影男说道。

“你让我去海底？我可不是鱼，不能在海里潜水。”

影男蹲在岸边，比较着两条美人鱼的表情回答道。

“别着急，没有什么不可能的。我们在海里潜水使用这种设备。现在，我们帮你穿上这个。”

美人鱼递上透明的假面具给影男看，随后戴在自己的脸上。

假面具正好遮住了美人鱼的眼睛、鼻子和嘴巴。这种假面具既透明又柔软，还可以任意伸缩。戴上它后丝毫改变不了美人鱼那楚楚动人的面容，相反还给人一种笑盈盈的感觉。

不过，仔细看假面具，就会发现那上面有透明柔软的细管，连接着小型氧气瓶。美人鱼的腋下，都系着这样的氧气瓶。

“亲爱的客人，你只要戴上这面具，不管水有多深都没关系，你可以轻松地到达海底。”

两条美人鱼爬到岩石上，把假面具戴在影男的脸上，把氧气瓶系在影男的腋下。

“好了，我们拉着你的手去海底参观一个不可思议的国度。”

影男被美人鱼牵着手，顺从地下到海里。

水一点也不冷，与人的体温差不多。

黑丝绒的紧身衣裤犹如一层薄橡胶，水丝毫触及不了身体。手和脚的端部被封得严严实实的，水也无法从那里侵入。

影男被两条美人鱼从两侧夹着朝海底下沉。氧气瓶不断地朝假面具里输送氧气，戴着假面具的影男丝毫没有窒息的感觉。

原以为大海深不见底，可这里的海底却非常浅。两条美人鱼在岩石之间为影男引路。片刻，他们来到大海藻云集的地方。酷似海带的海藻犹如野兽的鬃毛，不计其数的海藻合在一起左右摇晃。

美人鱼带着影男在海藻林里穿行。

片刻，前面被海藻挡住了去路，接着是深谷般的坑洼。谷底是没有光线的深渊，给人一种难以言喻的阴森森的感觉。

影男朝深渊望了一眼。

突然，一个奇怪的东西穿过蓝色的水层映入他们的眼帘。那东西像一朵很大的花。以黑岩石作为背景，突然展开。

美人鱼拽着影男进一步下沉，朝着谷底潜水。

花开始渐渐变大，而且越来越清楚。那是一朵奇怪的花，被直径约四米的五片花瓣围着。中间花蕊的位置，是美女的脸。五张美女的脸挂满笑容。她们身着红色的游泳装，身体模仿着花瓣。

美丽的海底人工花！

深蓝色的海底，盛开着红花。像这样奇异的美景，影男还从未见过。影男与美人鱼继续不断地下沉。

突然，眼前出现了障碍物，一个很长很长的大怪物。

那是一条巨大的锦蛇，长度有七米左右。以美女花为背景，在深蓝色的海水里蠕动着身体穿行。它身上的鳞片闪烁着银色而又沉闷的光。

影男面对锦蛇大吃一惊，全身陡然间变得僵硬了。这时候，大锦蛇弯曲着长长的身体渐渐地沉向海底。

大锦蛇的影子消失后，美人花又静静地绽开

花瓣。

影男离开身边的两条美人鱼，朝美人花的中间游去。那模样酷似前去采蜜的蜜蜂……

一刹那，五个美女伸出十条手臂紧紧地挽住影男的身体，犹如在捕捉昆虫。

影男在盛开的花蕾里恍恍惚惚的。

一个美女悄悄地晃动了一下他腋下的氧气瓶，他没察觉到。她好像在他的氧气瓶里安装着什么机关。

被输入他面具里的氧气，不知不觉地变成带有麻醉性质的气体。

很快，影男陷入了深深的梦境。

魔　幻

也不知道昏睡了多久，影男突然睁开了眼睛。

他察觉这里已经不是海底，周围居然是不可思议的山脉。

也许还在做梦？他凝神眺望，反复环视着周围。可自己所在的位置确实在山里，周围重峦叠嶂。

这里应该是东京都内的地下，地下变成了海洋。现在，汪洋大海却变成了山，且是山连着山。

影男上下打量了一下自己，身上穿的还是刚才被迫穿上的黑丝绒紧身衣裤。这里是地下世界、魔法王国。他摸了一下自己的身体，黑丝绒的衣裤丝毫没有被水浸湿，刚才一直戴在脸上的透明面具和氧气瓶，不知什么时候已被摘除了。

影男目光呆滞地眺望着无边无际的山景。

突然，他发现了一个奇怪的现象：山不停地摇晃着，周围微微暖和起来。不仅如此，山上没有长一草一木，山上还布满了奇怪的细小褶皱。

他赶紧起身，重新扫视周围，才发觉那是由无数人组成的山。无数的眼睛和无数的嘴巴，无数的手臂和无数的头发。那是由成千上万人重叠而成的山脉！这些大活人身着与山表面颜色相同的泳装，组成“人山”。

他摇摇晃晃地站起身来，开始向上攀登“人山”。他的脚下在晃动，是许许多多人的背、腹和胸部。突然脚底打滑，一会儿踩在美丽的脸上，一会儿不小心踢了鼻子一脚，可“人山”没有发出一丝声音。

爬了三米左右的时候，他猛地大幅度晃了一下。下面的人似乎摇晃了一下身体，霎时，那里出现了一条狭窄的沟，影男两条腿被夹在沟里。与此同时，那一片“人山”剧烈晃动起来，逐渐变得又宽又深。猛然间，他整个人掉到了“无底洞”。

他的这一坠落仿佛是信号，原本一直保持沉默的“人山”瞬间发出了震耳欲聋的声音。成千上万人的狂笑像大合唱那样在山上回荡。

影男又失去了知觉。

过了一会儿，他察觉到那是另一个梦之国。影男站起身来，惺忪的眼睛扫视周围，发现那里好像有一个巨大的房间，没有天花板、墙和地板，取而代之的是缓缓的曲面。仔细一看，那些曲面似乎变成了巨人身体的曲线。

这时候，他发现刚才一直是可以依赖的东西变得柔软而且暖和起来。走到跟前核实了一下，那既不是椅子也不是沙发，而是一张巨大的靠垫。他又仔细核实了一遍，发觉那是一个趴着的巨大身体。像钟乳洞那样悬挂在天花板上的，是又圆又粗又结实的手指。旁边那缓缓的斜坡，是巨大的肚子。

这样的巨人，现实中应该不存在……

影男提心吊胆地走到跟前触摸了一下，好像是木偶那样的东西，就像孩子们喜欢的那种用丝绸制作的木偶，其表面是一种树脂材料，光滑有弹性。它像人一样有体温，比实际人体大十倍左右，躺在那里。

影男的脑子里产生了错觉，仿佛自己变成了一个小矮子，像童话故事里的蚂蚁那样在巨人身上爬行，时而伸展四肢睡觉，时而趴在那里不动。他透过丝绒服感觉到了柔软、温暖的巨人身体，就像幼时被妈妈抱在怀里时的那种心旷神怡的幸福感。

突然，正面墙变亮了，不知从哪里射来了舞台照明灯光。白色灯光下，出现了一对男女舞伴。

女子身着十分合身的闪着银白色光泽的服装，男子身着非常合身的闪着茶褐色光泽的服装。两个人系着宽腰带，插着银光闪闪的短剑。

不知从哪里传出了美妙的舞蹈旋律，于是，男女舞伴朝左右分开跳起了舞蹈。音乐声渐渐高昂起来。两个人跟着音乐节奏翩翩起舞。茶褐色和银白色两种颜色时而组合时而分开，时而沿舞台转圈，时而倒地再起身。

不一会儿，音乐的速度开始加快。两个人的动作也随之加快，犹如草原上两匹正在激烈赛跑的骏马。

片刻，两个人同时拔出了短剑。手上的短剑在灯光反射下，闪烁着可怕的寒光。经过一阵猛刺，双方都刺伤了对方的身体。鲜血呈线状向下淌……茶色服装上的鲜血变成了黑色，银色服装上的鲜血变成殷红色。

在血色的刺激下，影男的心狂跳起来。现在，影男完完全全地在本能的驱使下，发出奇怪的喊声，又是鼓掌又是跺脚。

接着，舞台照明变得通红，在鲜红灯光的笼罩下，两个影子在跳跃。两个人一边狂舞一边笑嘻嘻的，可怕的笑声回荡在整个房间。一刹那，原本结实的房间地板，开始微微晃动起来。墙上，天花板巨人跟着颤抖起来。

影男见状赶紧离开那里，可没有安稳的地方。

也许踩痛了巨人？！他心里一阵阵恐惧，全身变得僵硬起来。

就在这一瞬间，所有的一切都消失了。灯光熄灭了，周围死一般的寂静。

影男脚下的巨人身体，不知什么时候变得冰冷，像具僵硬的尸体。

“亲爱的客人，满意吗？”黑暗里传来声音。

“还没有结束呢！更精彩刺激的节目留在最后。客人也许是累了吧？请到那边房间休息。我们为您准备了饮料，并陪您说说。好，请跟我来……”

影男的胳膊被黑暗中伸过来的手挽着，踩着巨人的身体往前走。

解　说

这是一间豪华包间，欧式装修风格，窗明几净。里面的家具和电器都是最新款式，在柔和的灯光照明下，银光闪闪。

影男坐在其中一张长沙发上，靠在那里闭目养神。

带他来这里休息的男子坐在对面的沙发上，弯腰朝他鞠了一躬。论年龄，大概四十岁左右。白白的肤色，圆滚滚的身材，留着小胡子，嘴唇泛着红润的光泽。男子那对大眼珠滴溜溜地转动着，担心有什么疏忽的地方。

这时候，出现了一个身着红色服装，年龄在十五岁左右的少女，推着一辆银色的手推车，那上面放有各种各样的洋酒和玻璃杯。

“请选用喜欢的酒！我们还为你准备了精品香烟。”

影男从烟盒里取出一支烟，少女敏捷地用打火机为影男点燃了烟。

烟和酒的美味，使得筋疲力尽的影男顿感舒服极了。

“亲爱的客人，你觉得我们为你准备的节目如何呀？”

男子向前探出身子，亲切地询问影男。

“太满意了！我是一个很少佩服别人的人，可今天我算彻底服了，而且我的脑海里留下了难以忘怀的记忆。请问，你是店主吗？对不起，应该叫经理吧？”

影男晃动了一下身体，一边把拿在手上的酒杯放在桌上，一边问道。

“哦，让你猜对了。不过，我的名字不能对你说，这是我们这里的规定，当然喽，我也不能打听你的名字。”

男子笑容可掬地回答。

“嗯，这情况我知道。可关于这不可思议的秘密，我很想打听一下。在东京的地下，竟出现了如此奇妙惊人的世界，这到底是什么幻术？”

小胡子男子听了影男的提问，十分得意地笑了，频频点着头。

“你问这个我就放心了。我一直在担心，怕被你识破了这个秘密国的魔法。”

“呵呵呵，果然是魔法！我被迫做梦什么的，肯定是中了催眠术的邪！”

“没有那回事。若公开魔法，你反而提不起兴趣。可我们请你观看了以后，一定会在这个房间里向你公布魔法。我们为什么要这样做呢？那是因为我们不希望被人认为这是诈骗钱财谋取暴利。刚才让你看的那些节目，都是我们引以为傲的。五十万日元的节目，除了刚才你看到的，还有其他的。其真正意义上的节目，等一下对你说。在这之前，请允许我说说我的特别发明。”

“那我当然想见识见识。如果说，那不是梦而是现实，我就更想了解魔法了。那样才能使我满足，请毫无保留地说吧！”

影男端起酒杯喝了一口酒。这是他喝的第四杯了。他背靠在沙发上，伸展双手和双脚，目光紧盯着对方的小胡子和红嘴唇。

“如果用一句话说，是展览馆原理。在明治时代，曾有非常精彩的展览馆，想必亲爱的客人一定知道。”

“非常遗憾，我只是听说过，而没有亲眼见过那样的展览馆……”

“其实，我是大正时代出生的，也没有见过明治时代的展览馆，只是从书本上见过。我们都知道，话剧和电影表现的是另一个世界。可舞台上和银幕上表现的另一个世界，即便降低观众席上的照明亮度，也还会留在现实世界。观众仍然意识到自己是坐在剧院或者电影院里的观众席上，还不能进入纯粹的虚构世界。能够完全消除那种混合世界的，应归功于展览馆的出现。

“展览馆是圆筒状建筑。首先一到入口，那里有昏暗的隧道般的地道，穿过那里上了楼梯，我们的眼前就会出现另一个世界。从地道上楼梯的地方，是狭小的观众席，外侧是圆形建筑的中心。人在经过狭窄昏暗的地道时，与现实世界完全告别，走完楼梯后眼前会豁然开朗，这就预示着进入了一个完全不同的世界。那里有大平原，也有一望无际的大海，在小型的展览馆里，有无限的空间，而且连接着遥远的地平线。

“明治时代的展览馆的墙上面是油画，完全可以以假乱真。天空连接着建筑物的圆顶，有蓝天白云。因此，观众无论观看任何一面，都是地平线的延伸。头上，是无限辽阔的天空。人们在桐木上面精雕细刻，涂上绿油，再进行抛光作业，于是，与人一样的木偶诞生了。因此，展览馆里的人偶，似乎都注入了生命。

“我是通过读书知道了那样的展览馆的秘密，并且打算应用这精彩的原理在地底创造另一个世界，制作世界上独一无二的展览馆。我花了四年的时间，耗费了一亿资金，终于制作了这样的世界。资金，我是通过秘密贸易筹集到的。我说到这里，想必你该明白了吧？你刚才看到的，只不过是直径二十多米的圆形立体全景展览馆。

“地底下挖一个圆形洞窟，在洞窟周围和天花板上装一块大型油画布，请画家在上面绘制一幅天空与大海的油画。照明灯光从墙上和天花板上自由照射。海洋前面部分是真正的水，可那只不过是小小的池塘。只有一块地方制作成海底，并在那里让美丽的花盛开。真正的人花只有三朵，海底模模糊糊的那一群，只不过是用合成树脂制作的。藏在水里的灯光，经过设置，映出一种望不到底的深渊和无数鲜花盛开的情景。还有‘人山’，也是采用相同的全景画的原理。那圆形的人工洞窟只有十四五米，真正参加‘人山’制作的只有六十人。剩下的，是时装模特假人与油画。经过一番巧妙的设计后，出现了成千上万人组成的‘人山’。

“怎么样？我向你公开了魔法，你好不容易培养的兴趣也许瞬间荡然无存？”

小胡子男子的圆脸上浮现出奇妙的微笑，表示话说完了。

“怎么会感到失望呢？相反，越来越感到佩服。我这人时常在研究各种秘密，却一点也不知道日本有你这样的人。可以说，你是地底下的全景画高手啊！这是一种制作梦幻、出售梦幻的买卖！是赚钱的买卖！”

影男从心底里感叹，希望和这个充满魅力的小胡子男子交朋友。

“这里从开张到现在还不到半年，你是第十六位客人。”

“全景画就两幅，而参加的人数近一百。那么，你采用什么办法聚集这么多人的呢？如果支付低廉的工资，是留不住他们的……”

“那里有我们的秘密。我们让他们酒足饭饱，尽情做自己想做的事情，但不允许他们离开地下一步。工资是没有的，从某种意义上说，他们等于是过着监禁的生活。刚开始，他们表示很反感，可时间一长，也渐渐地习惯了，并且爱上了这样的工作和生活，觉得这是世界上最有趣的工作。有的与双亲告别，有的与兄弟姐妹告别，毅然来到这里，成了地下居民。此外，绝对服从我命令的有十五六个人，一天二十四小时在地下巡逻。”

“呵呵，照这么说，那些曾经在地上的年轻男女是这些人强行绑架来的？”

“啊哈哈哈……就任你自由想象吧！”

小胡子男子得意地笑了。

“我最后观看的是‘血舞’，流出的血是真的还是全景画技巧？”

“那血是真从人体内流出的。剑刺得不是很深，当然也不可能夺人性命。可像那样的伤势要达到痊愈，需要一定的时间。”

男子说到这里停顿了一下，微笑着看了影男一眼。随后压低嗓门，脸上露出一副将公开更大秘密的表情。

“我刚才简单说了一些，想与你商量更重要的事情。有人希望仅一天时间里得到想要的东西，你有吗？如果是靠你自己的力量可以得到的东西，不属于我说的这个范围。是那种很想要，但怎么也得不到的东西。即使人也无妨，人或物都行。请想一下，一个就行。我们会通过秘密手段帮助你拿到，实现你的愿望。”

影男又惊讶了。这个小胡子男子，乍一看，表面非常善良，可骨子里是一个恶棍。

“你是说在这里体现五十万日元的价值吧？简直是变相的盗贼！”

“这与盗贼不同。我们只借用一天，借用完毕就归还，不必担心被人察觉。那里有我们的秘术。”

小胡子男子把两条圆滚滚却短小的胳膊抱在胸前，笑容可掬地答道。

洽 谈

对于影男来说，刚才亲临的那些场面已经使他满意，觉得付了五十万日元也值得。可小胡子男子却说那些是赠品。他对影男说，可以拿最想要但得不到的东西。

可难办的是，影男暂时并没有想要但得不到的东西。在他的字典里还没有“不可能”这几个字。不管什么样的东西，只要想，就能占为己有，而且绝对不会是一句空话。

“好，五十万日元的报酬，其实太便宜了。你刚才说，再困难的东西也能拿到。如果你不是开玩笑，那我也就不客气了。说心里话，我不需要那样的东西。我这个人一直喜欢靠自己的智慧得到想要的东西，经过这样的过程才觉得有趣。并且，我也具有与你一样的技术。所以说，我不想让你真这么做，只是有一个问题想请教一下，那就是你的盗窃方法。你只要告诉我方法，我就满足了。”

影男没有欲望的这番话，着实让小胡子男子大吃一惊，他耸了耸肩膀。

“你让我吃惊不小，我也不知道你的尊姓大名，但根据你刚才所说的话，可以断定你也是这条道上的大师。我有话要问你，你特别察觉什么了吗？”

“是呵，这也许是你的秘密。说出这个秘密，五十万日元的价值就没有了！”

“不会，不会有那种情况发生。我希望对方明白我的心情。关起门来说悄悄话，从某种意义上说，才是那些不懂道规的恶棍。”

“你太伟大了！我同意你说的。想和你成为朋友，怎么样？能成为我的朋友吗？”

“那我太荣幸了！我一直想开口提出这一请求。

先生，我们握一下手好吗？”

他俩相互握着手。小胡子男子的手白得像女人，十分柔软暖和。

“我想继续刚才的话，还是我先说好吗？你的秘密……”

“什么，你先说？”

“是的，我说得不是很详细，仅仅是原则上的推理……”

“好，请说吧！太有价值了。”

“在欧洲，有这样的传说：某国有一个很有智慧的人，这个人没有什么不知道的，也没有什么不会的。该国元首让人把他请到王宫。让他回答一个问题。于是，这个充满智慧的男子一个接着一个地解开了元首提出的问题。元首提出的，都是难题。可对于这个男子来说，没有一个问题可以难住他。即便是看上去很难解答的问题，也瞬间被他解开了。于是，元首终于吩咐了这样的事情：‘我睡的那张床的床单，你必须在一个晚上盗走它！但不允许接触我！’于是，那个男子首先与元首的侍者交上了朋友。在厨房里，他让侍者制作了像咖喱汁那样的液体，悄悄地涂在元首的床单上。元首半夜醒来睁眼一看，发现腰间是黏糊糊的黄色的东西。‘不好，我把大便拉在床上了！’元首慌慌张张地卷起床单，用力扔出了窗外。男子笑了，将那条床单拿回家中。第二天早晨，他把床单拿到元首那里……怎么样？就是这方法。也就是说，抓对方的弱点。从对方那里得到感谢你的报酬。是这样吧？”

男子一直聚精会神地听完影男说的话，随后跪在地上虔诚地说：“实在是不好意思，你说得完全正确，我采取的都是那样的办法。万变不离其宗。可在那种场合，弱点多的人，我会进行得非常顺利。但伤脑筋的是，没有弱点的那种人，不管拿什么，他都不上你的当。于是，我不得不采取别的办法。”

“明白了。像这种场合，对付那样的客人应该埋设圈套。”

“什么？你说什么？”

“我想多半应该采取那样的办法。假设是我，拿着那样的东西……”

“这太令人吃惊了！生平还是第一次遇见你这样的人。你是我真正的好朋友，让我再握一下你的手。”

小胡子男子使尽力气握紧影男的手。

“曾经，有个非常名贵的东西，一个人悄悄地将其据为己有并珍藏起来，其他人不知道。有一个来这里的客人从某件事情中偶然得知有这种东西，说无论如何想看一下。宝物持有者十分喜欢秘密，经过反复思考，最终请客人化装，化装成那东西的持有者。我研究化装多年，并备有假发套、假胡子之类的化装道具，我让客人化装后把他从这里带到地面上。另一方面，我邀请那个喜欢秘密事物的持有者参加某集会，采用某种手段延长时间，把那个客人带到东西持有者的房间里。在这里，我需要找一个配角。目的是在持有者出门之前事先窃走放有秘密东西的箱子钥匙，而在持有者回来后打开那秘密箱之前，要将钥匙放到原处。这也是为邀请那个化了装的客人。

“一切都准备得非常顺利。化了装的客人即便被持有者家人隔着玻璃发现也不会怀疑，最后达到目的的客人逃走了。也就是说，他取代了真正的持有者。”

男子白皙的脸上泛起了红晕，高兴地笑了。

“其实，很多办法原理非常简单，就是实施起来十分困难，稍有闪失，就会带来无穷的麻烦。也就是说，做这种事需要没有丝毫漏洞的才能。你具有那样的才能。嗨，太佩服了。”

“受到你的表扬，我简直受宠若惊。整个过程完全像你说的那样，确实需要具有指挥千军万马的才能。”

地底王国的主人公脸上浮现出平静而又十分满意的微笑，紧盯着影男的脸。

蛇 脸

以搜寻人生秘密为职业的影男参观地底的魔镜和全景画王国，是他最大的乐趣之一，且获得了宝贵的经验。

他从心底里感到满足，在和小胡子男子确定亲密朋友关系后便告辞来到地面上。

一返回地面的影男，立刻摇身一变，以速水庄吉的名义，走进坐落在曲町的公寓。

公寓里，要做的事情堆成了山。扮作速水的影男立即坐到桌子跟前，一个接一个迅速地处理部下记录的电话内容。在他外出期间，部下山际良子曾多次打来电话。

扮作速水的影男立即拨通山际良子的电话，拿起听筒放在耳边。

“在我外出短途旅行中，你好像多次打来电话……”

“是的，我想尽快见到你！有件事要告诉你，是你非常喜欢的事情，也是你听了之后一定会感到高兴的事情！”

“好，我手头还有两三件马上要处理的事，等我加紧处理完了之后见你，请你今晚七点钟，务必来我这里。”

那天晚上凑巧七点整的时候，传来了敲门声。山际良子带着一个姑娘来了。

扮作速水的影男向来重视时间，如果对方没有遵守约定的时间，即便迟到一分钟他也会不高兴。

开门后，他立刻把俩姑娘请到屋里，与她俩面对面地坐下。

山际良子是一个长在大富翁家的千金小姐。穿着打扮很流行，身着最新款式且非常合体的衣服。

她正在S大学攻读硕士课程，今年二十四岁。一个偶然的机会认识了扮作速水的影男。如今她已经成了影男的崇拜者，还是他的得力部下。

她带来的姑娘，是方圆百里有名的大款川波家的小保姆，刚满二十岁，天真、腼腆。两个姑娘并排坐在影男对面的长沙发上。

“她是千代小姐！你一定知道川波良斋吧？她就是他家的小保姆。也是一个偶然的机会，我与她交上了朋友，并把她当作妹妹。今天中午，她急匆匆地来到我那里征求意见，问我是否应该去报案。我听了详细情况后，觉得那是属于你的范畴。你不是经常让我搜集那些人的秘密吗？她今天带来的就是那些情况，非常猎奇和精彩。我让她先别到警察那里，而是把她带到你这里。”

山际良子简明扼要地介绍了大致情况。

川波良斋作为战后的暴发户，在日本家喻户晓。他表面上是制药工厂的董事长，可背地里究竟干什么，无人知晓。他的名字好像与中医有关。

“你见过川波先生吗？”山际良子问道。

“没有，只听说过他的名字。”

“听千代小姐说，他是一个恐怖的人。好记仇，像蛇那样。”

“是呀，在那些天才富豪中间，有许多怪人。”

“可这个怪人不是一般的怪，如果他盯着你看，你会吓得瑟瑟发抖，就是那样可怕的眼神。当他在别墅里走路时，简直像蛇爬行一样没有声音……”

“噢，那，发生什么啦？”

“是让人感到震惊的事情！千代小姐你说呀……”

千代从进屋开始一直是低着脑袋看着地上，听山际良子喊自己，赶紧抬起了头。眼睛里流露出惊慌和茫然。

“夫人下落不明。可主人一点都不焦急，也不去寻找。”

“你们家夫人是什么样的人？今年多大了？”山际良子在旁边插话道。

“我们家女主人很年轻，和良子小姐你差不

多。长得也很漂亮，但很柔弱。她平时对我们非常关心。

“噢？像我这样的年龄，真有那么年轻吗？”

“主人好像怀疑夫人做了什么对不起他的事，经常喋喋不休地向我们打听，主要是问他不在时夫人的情况。昨天晚上，一个叫筱田的男子拜访夫人。年龄比夫人稍长几岁，据说是夫人与主人结婚前的朋友。主人好像很憎恨这个叫筱田的年轻人，只要一听到他的名字，脸色骤变。当那个叫筱田的年轻人正在和夫人聊天的时候，主人回家了。他问我谁来了？我告诉他是筱田。不料，主人当场就板起脸，一副大怒的表情。”

保姆千代提心吊胆地环视了一下周围，接着又说：“主人没有换衣，径直朝夫人与筱田聊天的房间走去。片刻，他吩咐我们把咖啡端去。另一个保姆便在厨房里沏了咖啡后端到房间里。接着，主人、夫人和筱田三人聊了很长时间。又过了一会儿，主人让我们回到自己的房间休息。那以后也没有发生什么大吵大闹或者不同寻常的情况。如果真发生了什么，我们肯定会知道。第二天早晨起床后，夫人不在家。我们问主人夫人的去向。他回答说，夫人去短途旅游了。可向别人打听，都说没有见到夫人外出，于是，大家都感到奇怪。今天早晨，奇怪的事情发生了。别墅的前院和后院相连的地方变得狭窄起来了，种着许多树木。那些树木上拉有绳索，绳索一直延伸到后院最深处。凡是拉有绳索的地方，任何人不得入内。

“我想问一下看院子的老人，找了好一会儿就是不见他人影。看院子老人，也不知是什么时候走了。听说，看院子老人根据主人的吩咐，突然被派到箱根那里的别墅打扫和清理院子了。我觉得实在是不可思议，趁没人时钻入绳索里面的区域调查，可除了密密麻麻的树木外什么也看不见。这时候，不知从哪里传来哗哗的声音，好像有蛇朝我袭来。”

保姆千代稍停顿了一下，似乎觉得房间里好像藏有什么可疑的东西，转过脸来紧张地扫视了一下背后。

“我朝那里望去，是主人。他正在吹胡子瞪眼地注视着我。他什么也没有说，只是目不转睛地望着我。眼眶里布满了红色的血丝，嘴里露出獠牙。”

“奇怪，你家主人有獠牙吗？”

“没有，只是像，并不是真正的獠牙。我在那样的目光下，身体顿时变得麻木了，僵硬得无法动弹。想大声呼喊，可没有声音。就这样直勾勾地站了好一会儿。主人依然紧盯着我，似乎疯了。我思索了片刻，觉得必须逃走，于是一溜烟跑回了家。大约过了一小时，我们所有用人都被喊到会客室，主人早已坐在那里等候，一见到我们就说：‘今天晚上，我外出旅行，需要很长时间，因此放你们的假，今天傍晚之前，你们都离开这里。’说完后给我们一一发了工资。大家也就打点自己的行李相继离开了别墅回家了。我在回家之前拜访了良子小姐，与她商量是否去警局报案。”

“哦，原来是那样的经历。”

山际良子接着说道：“其他用人怎么样了？也许其中某个已经去报警了？”

“不会的，我想他们中间没有你说的那种人。”保姆千代回答道。

“看到主人那惊人模样的只有我，由于我本人一想起那情景就害怕得不行，也就没有告诉任何人。并且，主人有那样的古怪举止谁都知道。另外，他给了我们许多钱，我想没有人会发牢骚，都高高兴兴地回家了。”

“他不是有商店和工厂吗？那是怎么安排的？”

“这，我不清楚。我想商店和工厂不会关门休息的，肯定是原来那样。再说商店和工厂都有负责人，即便主人不在家，他们也会好好干的。”

“好，我明白了。你暂且先回家吧！山际小姐你也别管了，就看我的吧！哎，千代小姐，请你画一张川波别墅的平面图。”

影男把纸摊开放在桌上，递给保姆千代一支铅笔。

保姆千代一边想一边画，最后终于画成功了。

影男开始提问，包括从别墅到院子的路线以及所有要道。

“好，这下可要把我忙得晕头转向了，还需要进行各种准备工作。好，你们两位回家吧！再见！”

说完，他笑着站起身来。

脑　袋

那天晚上刚过一点，川波别墅的院子里出现了一个黑影。

天空没有月亮也没有星星，一片漆黑。黑影越过围墙钻入院子，穿过树林朝别墅背后走去。

黑色蒙面套遮住了他的整个脸，只露出眼和嘴。身上穿的是黑色紧身衣裤，手戴黑手套，脚穿黑鞋子。不用说，他便是以一套黑装束来掩护自己的影男。

院子里的树木长得非常茂盛，只有两盏路灯。由于枝叶的遮挡，光线照射的范围非常有限。

黑影此时仿佛使用了隐身术，在黑暗里时隐时现，穿过好几道绳索，朝后院深处走去。

在后院绳索拦住的地方，有一块被树木围住的约四十平方米的空地。平时无人清理，长满了杂草。影男隐蔽在一棵粗壮的大树背后，紧盯着那片杂草地。外面的路灯几乎照不到那里，可随着视线习惯黑暗后，他可以大致辨别地面了。

那儿的草很矮，仅两三厘米高，且稀稀拉拉的。这片平坦的空地上，有两个圆圆的石块。他凝神朝那里看，石块仿佛被注入生命似的在蠕动。

不一会儿，他发现石块居然是人脑袋，一个是男人的脑袋，一个是女人的脑袋。两个脑袋之间隔着二米左右的距离，面对面地望着。男子二十七八岁，女子二十四五岁。虽在夜里，女子的脸看上去仍显得特别漂亮。

脑袋怎么会蠕动呢？影男向前探出上身，注视着两颗脑袋与地面。脑袋周围没有长草，但有堆积的泥土。脑袋怎么看也不像被砍下的样子，也没有血流的迹象。

忽然他明白了一切！太残酷了！俩人被活埋了，只有脑袋露在地面上。

为什么他俩不叫喊呢？无论院子有多大，只要一叫喊，附近的居民和道路上的行人应该会听见。影男的脑子里产生了疑问。

不，他们不是不叫喊，而是无法叫喊，嘴里肯定塞着布团之类的东西。

影男明白后，打算立即跑到那里挖开地面后救出他们俩。他刚跨出一步，立刻听到从对面茂密的树林里传出沙沙沙异样的响声。

不是风声，而是脚步声。影男想起了保姆千代说过的话，肯定是这家主人川波良斋朝那里走去的脚步声。

果然不出所料，从茂密处出现的是男子的身影。身着茶色法兰绒睡衣，看上去四十岁左右。

影男敏捷地钻到树林背后，黑色蒙面套以及黑色紧身衣裤将他完全隐蔽在黑暗里。

对方做梦也不会想到树林里有影男，慢悠悠地朝两颗脑袋那里走去。男子手上拿着奇怪的东西，一把大镰刀和一把剪刀。被磨过的刀刃在黑暗里寒光闪闪。

这家伙肯定疯了！莫非要用那利器割下他们的脑袋？！

然而，男子并不打算立刻割下他俩的脑袋。他蹲在两颗脑袋之间，一边转动手上的工具，一边低声说道："看见这玩意了吧？可我还不想马上杀了你们，你们最好认真听好。昨天晚上，趁你们失去知觉的时候，我把你们埋在了这里。用人端来的咖啡里，我放了安眠药。等到你们醒来，已经在土里了，一定受惊了吧？活该！瞧你们现在这副模样，既没有手也没有脚，后悔了吧？哈哈哈……"

他突然站起身来，用穿着木屐的脚咚地踢了一下男子的脑袋。

既不能逃又不能喊的男子，只得紧闭着眼睛咬紧牙关。从额头到脸颊上渗出了血。

川波良斋转过脸望着女子的脑袋。

"美良子，你为什么邀请这家伙来我家？我不早就跟你说了，不允许跟别人交往。可你把我的话当耳边风，居然背叛我。是在哭泣吗？我呢，准备用这两种工具割下你俩的脑袋。不这样做，我的气就没法消。”

川波良斋说了这几句，心情似乎平静了许多。他慢慢地站起身来，将放在旁边的镰刀拿在手上。镰刀在黑暗中泛着寒光。

他像表演杂技似的将镰刀与剪刀扔向空中，然后又交叉接住。利器与风摩擦发出的呼呼响声伴着夜间的恐惧在回响着。

解　围

“喂，觉悟了吧？现在我把你俩作为菜肴，到底拿谁先开刀呢？”

疯狂的川波良斋一边歇斯底里地狂叫，一边举起镰刀在空中挥舞。

就在这时候，奇怪的事情发生了。镰刀离开了川波良斋的手，在夜空中飘浮起来，不断攀升。

莫非发生了奇迹？！

然而，川波良斋一点也不害怕，猛然举起大剪刀，结果大剪刀也飞了出去。大剪刀与镰刀一样，在空中飘摇直上。

“该死！”他大声喊道，欲伸长手臂去抓住大剪刀。就在手正好能触及大剪刀时，不料，那大剪刀却迅速飘舞起来，瞬间消失在黑暗的天空中。

这时候，大树背后出现了一个奇怪的人影，并悄悄地朝他走去。一身黑装束，脸上露出三个小孔。那模样让人感到不可思议。只见他的手里出现了细细的黑丝，从远处将川波良斋的身体缠了起来。

然而川波良斋丝毫没有察觉，像泄了气的皮球坐在地上。

一身黑装束的人影踮起脚尖开始迈出脚步。片刻，川波良斋的身体被绑得结结实实。川波良斋忽然大声嚷了起来。他眼睛看不见了，就连身体也被绑得结结实实不能动弹了。他慌慌张张地用脚支撑身体，好不容易站了起来。此刻，上半身失去了自由的川波良斋，已经不是黑色蒙面人的对手了。

黑影冷不防将川波良斋带到旁边的一棵粗树边上，将他绑在树干上。

不用说，黑影是影男。

影男趁川波良斋朝着两颗脑袋说话之际，用黑色的丝线将两把利器缠了起来。影男爬到大树上，将缠住利器的丝线收回。他随身带有七种道具，其中有黑色丝线，它既结实又实用。

影男带着两把利器从大树上下来，将川波良斋绑在树干上。

“啊哈哈哈……怎么样？这蜘蛛线只要缠上几道，力量就会很大。川波，快停止你那荒唐的举动！就这样他们已经够痛苦了。”

影男一边说，一边出现在川波良斋眼前。

“你是什么人？”川波良斋嚷道。

“一个陌生男子。我不能这样袖手旁观。他俩仅仅是要好的朋友，你就杀了他俩，太可怜了。我决定帮助他们。在这里，有事要跟你商量。你得拿出打发他俩离开这里和让我保密的钱。你的支票和印章放在哪里了？告诉我，我去把它取来。”

“痴心妄想！我决不给一分钱！”

川波良斋使劲地晃动着被捆绑的双手，吼道。

“你若不按照我说的做，你就会声名狼藉！你再不说出支票和印章放在哪儿，我立即报警。警方一到，你杀人未遂的罪名立即成立，你就会锒铛入狱。川波良斋被捕的消息一上新闻媒体，你就臭名昭著啦。紧接着，你在社会上的地位和信誉将完全丧失，生意将就此结束。怎么样？相比之下，不如从你那几辈子也用不完的财产里拿出那么一小块，这事不就了了吗？社会地位、名誉、钱财都保住了。希望你认真考虑一下！”

川波良斋听着听着，陷入了沉思，态度不再像刚才那样强硬。

“我想过了，你说的有道理。照你刚才说的，只要给了钱，今天晚上发生的事情你不会外传，对吧？”

“这是当然的。只要给我较为满意的金额支票……喂，支票和印章在哪里？”

“在书房的保险柜里。”

“书房我清楚，那保险柜密码呢？”

“是MEI LIANG ZI。”

“哦，那不是你夫人的姓名吗？好吧，请稍稍忍耐片刻！让黑丝线在你身上再待一会儿。反正你是逃不走的。”

影男说完，取出一根绳索，将川波良斋牢牢地绑在树干上。随后，消失在黑暗里。过了一会儿，他怀抱着各种各样的东西返了回来。有被埋在泥土里两个人的衣物、铁锹、支票、钢笔、印章等。

影男先将衣物和铁锹放在地上，接着为川波良斋稍稍松绑，让他的两只手获得自由。并且，打开手电筒，再递上支票和钢笔。

“我可以代你写，但最好由你本人写比较放心，是吧？我无意要夺走你的所有财产，只是希望你从巨大的财产里取出一小部分即可。嗯，给他俩一百万日元，给我一百万日元，两项合计两百万日元，怎么样？很便宜吧？”

川波良斋不打算接过支票，并且一声不吭。

“啊哈哈哈……你是怜惜这两百万日元，还是觉得不该让他俩活着？尤其还要奉送他俩一百万日元？你还是仔细想一想吧！这两个人如果就这样放走了，他们既没有吃的，又没有住的，走投无路的时候，肯定去警方那里报案。给一百万日元是堵他们的嘴！只要得到了那笔钱，他们就会把这仇恨一笔勾销。怎么样？这都是为了你的安全而想出的办法。你按我这样的思路去想，一定会觉得划算……好，快写上金额和姓名吧！别弄错了哟，一共是两百万日元！”

川波良斋是赚钱能手，对于计算利害关系，头脑反应特别快。他细细想了一下蒙面人对自己的劝说，感觉确实有道理。于是，一把将支票拿在手上，写上了金额和姓名。

影男在支票上盖上印章，撕下支票后将支票簿、印章和钢笔塞入川波良斋睡衣的袖子深处。接着，用细丝线将他再次缠紧，恢复原来不能动弹的模样，再在他的嘴里塞上布团，让他喊不出声音。

“好，这其中的一百万我肯定会交给他俩。今晚你做的一切，我们决不会说出去，他俩也不会记你的仇。你用不着担心。”

影男说完，背朝着川波良斋，用铁锹开始挖

土。大约三十分钟后，两个人分别被挖了出来。他们穿上衣服后打算离开这里。

这时候，影男又朝着川波良斋说道：“川波先生，这两个人就交给我了。你先忍耐一段时间！等到明天早晨我从银行里取出这笔钱后，会让人来给你松绑的。届时，你必须说是盗贼把你绑起来的。否则，你会自讨苦吃！听明白了吗？好了，再见！”

委 托

影男没有失约。

第二天上午十点，一个流浪汉模样的男子出现在川波别墅的院子里，为川波良斋解开了绳索。

“你是昨晚那个黑蒙面人的部下？”

一取出塞在嘴里的布团，川波良斋便迫不及待地问了起来。

“部下？什么部下？你瞎说什么呀？我原先在前面的银行门口晒太阳，有一个奇怪的家伙忽然朝我走来，他给了我五千日元，让我去川波别墅，进去后院，为绑在一棵大树树干上的别墅主人川波先生松绑。我没有立即同意，他又对我说，你若为那家主人松绑，还可以获得许多赏金，快去吧！于是，我就试着来了。”

川波良斋不由得纳闷了。

这个黑蒙面人到底是什么人？办起事来说到做到，是个有信用的人。他从心底里感到佩服。

那以后的几天里，川波良斋闭门不出，心情极不舒畅。他推说身体不舒服，既不去工厂也不去公司，独自一人在家喝酒消愁。

在家休息到第六天的时候，有一个小胡子男子前来拜访。

“我是为了一件非常重大的事情登门拜访的，这是我的名片。”

小胡子男子递上名片。

川波良斋接过名片扫了一眼，不由得抬起头惊讶地望着对方。

杀手公司副总经理　须原正

名片上是这样的内容。

“哦，你看了我这张名片，肯定感到大吃一惊。像这种让人担惊受怕的名片，我可不是什么人都给的。这张名片上的内容并非用来吓唬人，而是确有这样的公司，也确实经营着这样的业务。我是该公司的经营者。我想你看了这张名片之后，一定会很感兴趣的……”

其貌不扬的小胡子男子须原说到这里，竟厚颜无耻地笑了。

“……所谓杀手公司，是不是承接杀人业务的公司？”

川波良斋用十分惊愕的语气反问道。

“是的，客户支付报酬，本公司负责杀人。”

川波良斋从未听说有这样的公司，因此他怀疑这家伙是个精神病患者。他板着脸，露出不高兴的表情，瞪着对方。

“请问，你凭什么说我对这样的公司感兴趣？”

“啊哈哈哈……其实呀，你家五天前那个晚上发生的情况我一清二楚……因此，我是特地登门拜访川波先生的。”

川波良斋这才明白了对方的来意，气得真想扑上去。可是，他还是按捺住了自己激动的情绪，装着若无其事的样子说道：“五天前的晚上，我家发生什么啦？”

“哈哈，你不必装糊涂，我都清楚。但我不会透露给任何人听。因为我公司的经营理念是顾客第一。你将成为我们公司的大客户。当然我只说这么几句，是不会得到你信任的。现在我就说说我们所了解的关于你的一些情况吧。”

于是，小胡子须原把那天晚上发生的经过，前前后后说得很详细。

尽管这样，川波良斋还是不信，一声不吭地瞥了小胡子一眼。不料，小胡子男子说得更具体了。

“那好，实话告诉你，就连你不知道的情况我也清楚。当时，有一个不明身份的蒙面人让你受了一夜的苦。”

“什么！你说什么？你认识那个男子？”

川波良斋不由得把脸凑上前去询问。

须原见对方着急起来，立即转变得慢悠悠起来，说话语气也变得更为平静了。

“他是一个什么坏事都做得出的家伙，假姓名至少有五六个，还会任意变化自己的魔法，人称‘奇术师’。事实上，我的公司曾为了借助他的智商而聘用过他，可那家伙在教唆了我们许多杀人方法后却说他讨厌这种残酷杀人的手法，随后就离开了公司。从某种角度上来说，他是一个必须要留意的人物，我公司在尽最大努力了解他的行动，收集他的信息。因此，我们清楚他与你之间发生的事情。”

须原详细地道出了一切。

川波良斋是一个反应敏捷的人，希望进行这样的交易。

“那么，你今天拜访我的理由呢？”

川波良斋故意装糊涂问对方。

“我觉得你需要我们这样的公司，尤其是这几天。”

“那，金额呢？”

川波良斋终于问到了最关键的合同要素，目光里流露出认真的眼神。

“我们根据实际情况决定价格。有的容易，有的难度很大，还有委托人究竟有多少财产等。”

“像我这样的情况，应该支付多少呢？”

“合同对象是筱田还是尊夫人？”

“两个都是，再加一个，一共是三个。”

“是不是再加上那个蒙面人？”

“是的。但根据你刚才介绍的，他曾经受雇于你们公司，你们会按照合同履行吗？”

川波良斋这么一说，须原不由得笑了。

“那家伙是他主动离开我们公司的，早已没有同事关系了。他与你这样的大人物为敌，也就是我们的对手。”

“噢，原来是这么回事。那委托贵公司除掉他们三人需要多少钱？”

“让他们三人从这个世上消失就行了吧？关于手法，你有什么特定的要求吗？不用说，除掉那个戴黑面套的蒙面人是另外一种价格，不加倍我们不能接受，价格嘛，最低两千万日元。另外两个嘛，每人是三百万日元。你能接受这样的价格吗？

还有，我们的步骤和方法等都必须事先经过你的认可。至于付款嘛，等到事情成功并经过你认可后再请你支付。”

“你们履行合同以后，有没有发生委托方不履行合同义务的？”

“哈哈哈……我们从来没有那样的担心。如果发生那种情况，委托人本身也会消失，不管什么值钱的东西，是换不来生命的。最后，委托人都是不折不扣地支付合同金的。”

“那，合同期是多少天？”

“两个人是一个月，那个蒙面男子是两个月。”

“行，我们干杯！一言为定。”

两个人立刻成交了这笔生意。川波良斋拿来洋酒和两个玻璃杯。

“预祝成功。”

两个人的玻璃杯轻轻地相撞后，双方哈哈大笑起来。

施　毒

那以后一个星期过去了。

筱田和美良子悄悄地住进了一家公寓。

两个人发誓要报仇而租借了这家公寓，没有让任何人知道。

一天，筱田瘸着腿从外面回来。在回家路上，一幢正在建造中的建筑物上突然掉下钢筋，砸到了他的脚踝。

“还算是不幸中的万幸，若掉在脑袋上可就完了！”

“是谁扔下来的，你没去问吗？”美良子问他。

“我去那家建筑工地办公室了解过了，他们说不可能有那样的东西掉下，还连连摇头，说了好几遍不可思议。”

算不上什么重伤，筱田整天闭门待在家里，不由得感到厌烦起来。

一天，筱田又外出逛街散步，正当他在大街上慢悠悠行走的时候，对面驶来一辆轿车。那辆车居然高速行驶，很快驶到了筱田跟前。筱田见状赶紧躲闪，可由于脚伤还未痊愈，不可能马上躲开。眨眼间，他的整个身体倒在马路上。眼疾手快的他赶紧就势朝路边滚去。

轿车从他的身边驶过，仅两三厘米之隔。筱田吓得全身冒出了冷汗，急忙抬头看车尾。可还未等他看清车牌号码，那辆车已经转弯消失了。

“奇怪！那辆车似乎是专门冲着我来的，企图压死我。不是出租车，而是私家车，但是……”

筱田回到家里说了这一情况，吓得美良子魂飞魄散。

“你最近接连两次外出，每次都遇到这样奇怪的事情。我看可能是……”

“可能是什么?!”

“川波良斋肯定发现了我们居住的公寓，并且寻找机会杀我们。那家伙已经到了丧心病狂的程度，往后我们得加倍小心才是。”

“你是不是神经过敏？怎么可能呢！”

筱田为了不使美良子过分担心，故意装作若无其事的模样安慰她。

这时候，传来咚咚咚的敲门声。

门外走廊上站着公寓业主的夫人，年龄四十五六岁，看上去和蔼可亲。

“这是个邮递员送来的。”业主夫人递上一个大包裹。

两个人接过包裹一看，寄包人是速水庄吉。这个叫作速水的人，是上次救他俩的大恩人。

邮包里装的是大颗的巧克力，形状非常美丽。也许是大恩人安慰他俩寄来的？筱田最喜欢吃巧克力，赶紧从巧克力盒里取出一颗正要塞嘴里。说时迟那时快，美良子小姐伸出手一把取下那颗巧克力。

“别忙着吃……”

“为什么？”

“也许是我多虑，我总觉得这巧克力有问题。最近你碰上好几回倒霉事，巧克力内肯定有什么毒物，暂时还是不吃为好……”

筱田笑了。

“哈哈哈……你别神经兮兮的。速水不是我们的大恩人吗？”

“不过，也许有人会借速水的名义寄来。在没有打电话向速水核实情况之前不能吃。”

美良子三步并作两步匆匆忙忙打电话去了。不一会儿，只见她脸色苍白地回来了。

“果然不出我的所料。速水说了没有寄过什么巧克力邮包给我们，还劝我们赶紧搬家……”

两个人相互望着对方，好长一段时间谁也没有开口。此刻，在他们的眼前，不停地浮现出川波良斋那张杀气腾腾的脸来。

“哎，我感觉速水也是一个不可思议的人，虽说是他救出了我们，可他是为了敲竹杠，从川波良斋那里骗取钱财才救我们的。”

“是呀，我也一直有那种不放心的感觉。我看这盒巧克力还是交给警方吧，你说呢？”

“那不太合适，我们这么一送，势必会给速水添麻烦。哎，我有一个好主意，为这，我已经考虑好几天了……”

美良子显得炯炯有神起来。

“你知道我们日本第一大侦探明智小五郎吗？是否去他那里咨询一下？这盒巧克力最好也请他分析一下。”

“这主意太好了！好，我马上去他那里。”

“现在就去吗？可我担心有人跟踪你，请一定多加小心，否则……”

“我会在一路上不停地换乘出租车，并且绕远路去那里。我想即便有尾巴也可以甩掉。”

俩人接着又商量了一阵子，美良子还将电话挂到明智侦探事务所询问地址以及路线。

筱田带着那盒巧克力出门了。过了两小时后，他又匆匆赶了回来。此刻天色已经暗了。

“一路上没有碰上什么险情吧？”

美良子见筱田平安无事地回来，心里松了一口气。

“我一路上接连换了好几辆出租车，每换乘一次就仔细观察身后，等到核实没有可疑情况再喊出租车。所以，绝对不会有尾巴。”

筱田放心地坐在沙发上。

“那盒巧克力里果然含有氰酸钾毒物。”

“啊，果然有毒……那，明智大侦探说了一些什么？”

“他说搬家或换公寓，若要让对手不察觉是很困难的。有关速水的情况他非常清楚，好像曾经为了什么案件调查过他。他说速水是一个十分狡猾的歹徒。正在追杀我们的不是川波良斋本人，而是第三者。即一些从事职业杀手的人。”

“这么说是川波良斋委托他们干的？”

“大侦探说很有可能是受川波良斋的委托。他好像知道得很详细，但说得不是很具体。”

“那，下一步我们该怎么办？你问了吗？”

“当然问了。他说，如果想搬家也可以，不过要十二分的小心和保密。具体方法他没有讲，只是强调他会在暗地里保护我们的安全。并说是免费，不要任何报酬。他对速水以及职业杀手抱有浓厚的兴趣，愿主动承担这项任务。”

“真不要紧吗？”

“我对他说我不放心，可大侦探却劝我放心，不需要任何担心。”

两个年轻人一番对话后战战兢兢地互相望着。现在他们唯一企盼的是明智大侦探对他们的口头保证能兑现。

挣　扎

那以后又过去了三天，什么情况也没有发生。

两个人小心翼翼，整天闭门不出，也不弄出声响。第四天下午，速水打来了电话。

“我为你们找到了合适的房子，打算带你们去看。一个小时后，我让司机驾驶我的车来接你们，你们看到车来了就乘上去。我在那里等你们。”

片刻后，大门口传来引擎声，司机手拿速水的亲笔信来了。

你们看房以后如果喜欢就搬家，因此，行

李不必带上。这司机非常细心，跟随我很长时间，你们就放心乘坐吧！

速水　敬上

俩人上车时环视了一下周围，核实是否有可疑的人物。司机四十多岁，看上去像一个老实人，脸上总是笑嘻嘻的。

车驶过隅田川后从浅草驶向上野。

“速水是在那里等我们吗？”美良子坐在后排座位上，小声地问司机。

“是的，不会有错。”司机回答说。

车行驶了近五十分钟，在某欧式别墅门口停下，进入玄关后，出来一个三十岁左右，一身西装革履的青年。

两个人跟着青年朝里走去。经过走廊进入房间。

美良子又问：“速水在哪里呀？”

“他正在房间里跟别人说话呢！请稍等片刻。”

男子说完，两个人重新观察了一下房间。

房间里有一种说不出的异样氛围，面积不到十平方米，正中央放有一张小圆茶几和两张长沙发。沙发做工十分粗糙，除此之外没有其他家具，而且连一扇窗户都没有，即便是白天也得开灯。

周围贴着花花绿绿的墙纸。整个房间看上去很陈旧，唯墙纸很新。

等了很久，没有一个人来接待他们。两个人开始不安起来。

筱田焦急地站起身打算推开房门，可房门外侧不知什么时候被锁住了。

“有人吗？快把门锁打开！速水，你在哪里？”

这时候，不知从哪里传来了回答声：“速水不在这里，有人借他的名义把你俩诱骗到这里的。”

声音好像是从喇叭里传出的。筱田不由得抬头望了一下天花板。原来，天花板角落处装有正方形的扬声器，声音是从那里传出的。

“哎，我们只是来见速水的，如果他不在，请让我们出去。”

“知道吗？邀请你们的，不是速水，而是我们。”

“那你们到底是什么人？”

筱田急躁起来，大声问道。

“我是职业杀手。”

“这么说，你是个受雇于川波良斋的职业杀手？”

“这不能说，因为那是商业秘密。”

这时候，美良子拽了一下筱田的袖子，她胆怯的目光紧盯着墙壁。那里有一个小窗，好像有什么影子在晃动。仔细一看，是一张男子的脸贴在窗上。

“喂，你找我们干什么？”筱田急切地问道。

于是，窗外面的男子嚅动着嘴巴，声音从扬声器里传了出来。

“好，我告诉你们。门外是墙，还有一个大坑。那坑里有许多砖，一旦用水泥将砖砌起来，你们就看不到走廊和墙了。也就是说，从外面看不到砖墙后面的房间。这一切意味着什么呢？你们就慢慢地琢磨吧！”

说完，窗外那张脸便消失了。眨眼间，窗户变暗了，好像被一块板盖住了。

筱田思索了片刻，眼下只有把门撞破了逃出

去。于是，他使劲用肩膀撞门。可门纹丝不动。万念俱灰的他垂头丧气地坐在了椅子上。

看来，门撞不开得想法子把锁弄坏。

他在口袋里搜索着，希望能找到工具。可不凑巧的是，口袋里连一把小刀也没有。而脑子里还时不时地冒出那个怪男子，使得他更加焦急起来。

筱田不甘心就此坐以待毙，忽然又在花花绿绿的墙纸上不停地到处敲打着，企图寻找可逃生的地方。

墙纸贴得不怎么牢，几经敲打后纷纷被撕开，露出白色的墙来，上面布满了横一条竖一条的伤痕。

“咦！”筱田紧盯着伤痕，不由得喊出了声。那横七竖八的伤痕连起来看，好像是告示模样的内容。

“这里是杀人房间。杀手公司要杀我们。”

原来，这房间是专门用来杀人而建造的。

筱田终于醒悟了，他又把边上的墙纸撕开，于是，出现了好几块这样的伤痕，是匿名墙书。

“门外开始传来奇怪的声音，快要过去一个小时了。一块块砖被水泥砌了起来。砖墙起来了，房间就变成了完全的密室，这是打算让人窒息而死。”

这条墙书内容，让筱田知道了即将发生的事情。他把耳朵贴在墙上，但没有一丝声音。砌墙好像还没有开始，墙外静悄悄的。

他接着又撕开旁边的墙纸，又出现了墙书。

“我思考的事情全部是错的。那家伙终于来告诉我实情，是煤气。他们曾用煤气杀人。我一开始还以为是饿死，后来以为是窒息死亡，可他们没有那么善良。据说，那家伙要隔着窗看着我死去。为此，一直开着灯。距离被杀的时间越来越近，终于，杀我的人出现了，那张脸隔着玻璃窗窥视。我看清楚了，那家伙不是杀手公司的男子，而是他！”

不知不觉，美良子也站到了筱田的身边，全神贯注地看着墙书上面的内容。两个人把凡是手能够触及的墙纸全部撕去，于是出现了很难看懂的文字内容。

“啊，有声音。是煤气声音。已经无路可逃，痛苦极了，救命！”

美良子看着看着哭泣起来。后面的文字只是手指抓墙的痕迹。俩人不知是谁先伸出手来，相互间紧紧地握着。

这时候，不知从哪里传来咚咚咚的声音。两个人吃了一惊，朝门那里望去。只见门吱的一声开了，进来的是那个刚才送他们来这里的司机。他的腋下夹着一个大包，是用报纸包的。他奸笑着朝筱田和美良子走来。

观　赏

“好，斋木，辛苦了，进展得差不多了吧？”

说话的，是杀手公司的常务副总经理须原正。

被喊作斋木的是刚才的司机，他脱掉上装，在用水泥砌砖。这家伙好像深得须原正的信赖。

门外的砌墙工程已经开始。

“房间里面的两个家伙怎么啦？怎么静得一点声音也没有？”

须原正看了一会儿斋木的手，好像察觉到了什么。

“刚才须原隔窗窥视以后，那两个家伙开始看起了墙书呢！现在蹲在了墙边。”

“墙书这玩意儿，还真有效果呢！他们好像在听你砌墙的声音。墙书的内容给了他们暗示……”

“是呀，这俩人就像被捕鼠器逮住的老鼠。须原，委托人来了吗？”

“嗯，已经来了。等墙砌完了再把他喊来。”

两个人小声地相互说着。不一会儿，门被砖墙完全掩盖了。接下来，只需用泥灰在砖墙上涂一层就完工了。

“好，我去把委托人喊来！”

须原正见墙已经砌起，说完便走了。过了一会儿，他与川波良斋并肩走了过来。

“马上就要全封闭了，怎么样啊？”

“窥视窗呢？”

“瞧，就是那扇窗。把那木盖朝上掀开，里面是厚玻璃窗，可以防子弹。即便房间里有子弹射向玻璃，也是白搭。”

川波良斋的眼睛里闪射出异样的目光，站在高凳子上，打开木窗隔着玻璃朝里窥视。

“他俩靠着这边的墙趴在地上，虽看不见俩人的脸，但能看见衣服下摆和脚……喂，美良子，我的太太，还有那个筱田，听见我的声音了吗？”

然而，房间里的两个人不说话。看来，他俩通过墙书内容已经明白了即将发生的事情，正等待着这一时刻的到来。事实已经如此，他们也许不再那么惊慌失措了？

“再过一会儿，这房间里将弥漫着煤气，你们马上会痛苦得难以忍耐……好了，须原，快开煤气，打开煤气……”

川波向须原大声催促着。

“已经在喷射煤气了！”

“看啊，黄色烟雾在扩散呢！瞧，这两个家伙在不停地颤抖呢！哇，我已经看不见里面的情况了。美良子、筱田，你们在哪里呀？瞧，他们在垂死挣扎！幸亏有那个速水，我可以看到他们的惨相，太高兴了！太高兴了！啊哈哈哈……”

川波良斋高兴得险些从高凳子上掉下来，好在须原正眼疾手快，跑过去一把抱住了他。

“怎么样？从外面看根本察觉不到里面是房间。”须原正得意地说道。这时候，正巧司机完成了最后一道工序。

“接下来，要用砖将这扇窗封住。这么一来，这幢建筑物里的一个房间等于消失了。为了实施这个计划，我们买下了这幢房子。今后，我们绝对不会出租给任何人。这消失的房间，必将成为永远的秘密。这项工作，是我和司机共同完成的。公司里还有两个合伙人，但他们与这项业务没有直接关系，因此，这事不会走漏半点风声。司机叫斋木，主要职业不是司机，而是公司的中层干部，我的第一助手。请你一定要守口如瓶，这关系到我们的性命。”

川波良斋连连点头。

“嗯，你们不愧是职业杀手！太谢谢你们了，可还有一个没有除掉呢！就是那个叫速水的怪人。”

“是的，下一步就轮到他了，你就等着看好戏吧！一定让你看到更新奇的杀人手法……请看一下，这房间就这样不留丝毫痕迹地在我们眼里消失了。接下来，我会在这里安排一个管理员，让他管好这里，不出任何差错。这一点请相信我。好了，再见……”

川波良斋借刀杀人，终于达到了自己的目的。须原正的一番话又使他感到了满足，于是，他很高兴地走了。

合　作

某日下午，海面上，有一艘船在缓缓地行驶。船上，两个男子正在愉快地交谈着。

风平浪静，阳光明媚。

“我们曾经在空中游览车上说过秘密话，现在看来还是船上最安全。”

小胡子男子的眼睛里闪露出兴奋的目光，一边环视周围一边微笑着。

“是呵，这里是我们商量杀人方法的最佳场所。须原，你会游泳吗？”

“当然会，我可以在海上轻松地游上十公里。

佐川，你呢？”

这两个人，一个是杀手公司的常务副总经理，一个是该公司的顾问，即扮作佐川的影男。

“年轻时，我曾经横渡过东京湾……我们不必担心溺水。”

“接下来是凶器。”

“是的，你带着什么？”

“我带着这个。”

须原正说完，从口袋里取出一把黑色小型手枪放在手掌上吓唬对方。

“呵，我们俩都没有忘记护身工具。我也带着呢！”

影男也从口袋里取出手枪让须原正看，竟是完全相同的工具。

“这手枪口径是二十五毫米吧？跟我这支相同，枪柄上有飞马浮雕图案。让我看一下！”

俩人交换手枪后，相互都放在手掌上打量。两支手枪从枪口到枪柄，完全一样。

“在凶器上我俩打平手。”

两个人放声大笑。

“好，把枪放在口袋里吧！今天，我俩不是来这里格斗的。”

两个人取回各自的手枪放入口袋里。

“今天，我还想借助你的智慧。上次你的‘泥地之计’简直绝妙！请你再想一个与之相同的办法，就一个。”

须原正吹捧扮作佐川的影男，望着他的脸说。

“那我明白。不可能有其他事。可上次杀人现场把我吓坏了，今后再也不用了。是呵，太残酷了！事后我自己也感到害怕。说心里话，我一直不想见你。可今天，我还是愿意帮你谋划。这里面是有一点原因的……”

影男也一反常态说起了恭维的话。

“那好，我们就开始谈正事吧！事情是这样的。我最近接受了某大富豪要惩罚某青年绅士的委托，他答应支付相当数额的报酬。如果大功告成，那我将支付给你五百万日元。不过，你必须提供一个绝妙的杀人方案。”

船摇晃着，摇得俩人的心情进入了最佳状态。和煦的阳光照得他俩暖洋洋的。俩人此刻的兴致越来越浓。

“好，我提供一个珍藏多年的绝妙方案。为了五百万日元，我就把它奉献给你了。可你得到的钱却是我的几倍呀？”

影男笑着讽刺须原正。

“哦，充其量也只不过是两倍。只是稍有差错会殃及自己。那家伙是很难对付的危险人物。因此，考虑再给一半金点子奖励费。”

须原正信口开河。从川波良斋那里得到的报酬，应该是两千万日元。也就是说，除掉眼前这个影男的代价。

须原正让接下来就要死在他手下的影男提供杀人方法。

影男似乎并没有察觉到对方的用意，探出上半身朝着须原正滔滔不绝地说着。

“我提供的绝妙杀人方案，是密室。”

“什么？”

“也就是说，让杀人的房间变成完完全全的密室，没有对手逃走的漏洞。尽管那样，那个密室里留下的只是尸体，却不留下杀手的身影。密室杀人，从古到今有一百种左右的方法，但我想出的，是迄今为止没有过的新方案。不过，我告诉你，我总觉得我对你有好感。”

“谢谢，我一定报答你，也请你一定要教我。”

须原正的脸上高兴得大放异彩。

“说来也凑巧，我正在建造一个砖结构的书房，就借给你使用吧！再过两三天就要建成了，当然只是借给你，可一旦变成杀人现场那就不能再有其他用处了。建这幢书房，我耗费了三百万日元巨资，作为实际费用，还得请你支付三百万日元，好吗？”

“三百万日元？那，你一共需要八百万日元吗？稍稍高了一点。是不是有其他便宜一点的建筑？”

“哈哈哈……你又吃惊了？可如果不使用我的书房，就发挥不了作用。我的智慧都在脑袋里，先说了就变不成钱了。”

“钱，我是准备了，可那是五百万日元，因此我只带了那些。”

须原正从口袋里取出支票。

“那我就先拿这些吧！剩下的，你必须在行动前支付完毕。”

影男核实了一下支票后放入口袋里，脸上的表情更为认真和严肃了。

“好，我相信你，现在就告诉你吧！就密室来说，有各种各样的情况，不管有什么人觉得可疑，但在解开密室谜之前是无可奈何的。因此，只要能制作不能完全解开的密室，就能神不知鬼不觉地实施犯罪……”

影男又滔滔不绝地说了二十分钟左右。

须原正专心致志地听着，听完后不由得拍了一下大腿，连连称赞。

“好，原来如此，你说的密室诡计太妙了！如果按你说的去做。不管什么大侦探，休想明白其中的奥秘。谢谢了，那，什么时候可以实施呢？”

“建筑物已经有了，我想越快越好。”

“那，砖墙书房在哪里？”

“在世田谷区边上的芦花公园旁边！”

“我想去看一下。”

“行。那就后天晚上八点左右来看吧！请准时光临我在世田谷的家。届时，书房里可能已经放好家具了。”

影男详细地说了去他住宅的路线。

“好，一言为定，你的智商可谓出众呀！真让我佩服得五体投地。万万没想到你居然有这样的好主意。”

须原正嘴里在不停地夸奖，心里却在嘲笑。

“哼！这家伙还不知道自己已经死到临头了，居然还向我献上杀他自己的方案。还是我略胜一筹……”

谋　杀

第三天晚上八点整，须原正按照约定前来拜访影男。

影男则亲自到玄关迎接须原正，请他到主屋，热情款待须原正。

这一带属郊区，住房很少，显得寂静而又冷清。别墅里也是静悄悄的，仿佛人去楼空的住宅。

“有其他人吗？”

须原觉得有点不可思议，便问道。

“哦，平时我只要一到这里居住，用人就会跟着来这里侍候。今天是例外，我们俩在这里，对你对我是最方便的。因此，我独自一人等你，一直等到现在。”影男回答说。

“你上次说的，我完全理解，可还是想到实地来看一下……”

须原正说着，站起身来。

两个人拿着手电来到院子里。

一进入树林里没走几步，眼前便出现了一幢奇妙的红砖建筑。尖尖的屋顶上铺着石板瓦，高高地耸立在夜空里。

在观看建筑物内外的过程中，影男花了三十分钟左右的时间进行了详细的解释。

“明白了，这方案太妙了！一定很顺利。”

须原正一字不漏地听完影男的解释，满意地点点头。

实地考察结束后已经是九点多了，两个人沿着树林里的小道回到了主屋。

“太奇怪了！我到现在还不曾问过那个即将被杀的人的姓名。”

黑暗里，影男想起了这件事，小声嘟哝着，被对方听见了。

“什么？”

“我在说，贵公司接受委托惩罚的对象是谁？也就是那个被杀人的姓名。”

“哦，哦，你问这个情况？那家伙嘛，其实是一个很难对付的人，诡计多端。他专门从事窃取别人隐私，然后从中诈取钱财的勾当。他手段高明，思路敏捷，迄今为止未曾落到警方手里。据说，那家伙还把自己扮成作家。”

须原正在黑暗里一边笑一边说。

影男吃惊地停住了脚步。

“哎，你说的那个家伙还真有点像我呢！”

“是呀，这么一说，倒还真有点像你。”

“那他叫什么名字？”

“名字嘛，当然有啦！什么速水庄吉、绵贯清二，还有……还有佐川春泥。”

听对方这么一说，影男立即闪开，摆出防备的架势。

“那，是你要杀的男子吗？”

“是的。这一次的被害人应该是你！”

话音刚落，须原正已经从口袋里掏出手枪瞄准了影男。

“住手！你只要杀了我，就会轰动整个日本！”

影男一边悄悄后退，一边大声警告对方。

“啊哈哈哈……你这人太愚蠢了！不知道自己就要被杀，居然还详细地告诉我杀你自己的方法。好了，快举起手来！”

忽然传来刺耳的尖叫声，与此同时，影男的身体扑通一声倒在地上。

须原正目不转睛地望着倒地的对方，手里仍然握着枪。

影男丝毫没有动弹。一发子弹似乎就让他断了气。

须原正拿着手电走到尸体跟前，瞧了一眼那张脸，不由得倒退了一步。子弹好像命中了影男的脸部，红红的鲜血遮住了整个脸。

他蹲在尸体边上伸手摸了一下胸部，心脏已经停止了跳动。

为进一步确认已死亡，他又用手指号着影男的脉搏，一点也没有动静。

“这家伙太扫兴了！刚刚还是一肚子的坏水，怎么这么快就结束了生命。好吧，我接下来就按你说的，制作绝对不让任何人察觉谁是杀人凶手的密室现场。”

须原正没有马上处置尸体，而是快步来到主屋，随后打了一个电话。接着，又找了一张草席再次返回树林，那是为了暂时隐匿尸体。

十分钟后，有一个男子朝主屋走来。他是杀手公司的合伙人，一直在附近等待须原正的电话。这家伙看上去四十岁左右，瘦高个，身上特地穿着工人服装。

须原正与那个男子相互说了一会儿，接着一起朝树林里走去，可能是布置密室杀人的第二现场。

解　密

“啊，不好啦！我家主人被害了！”

须原正枪杀了影男的第二天，芦花公园车站附近的警务室里闯入了一个惊慌失措的老人。

老人古铜色的脸上布满了皱纹，长着白胡子。短小的西装里是件脏衬衫，瘦小干瘪的身材像个孩童。

“什么？被害了？说得慢一点，谁被害了？”

警员一边上下打量老人一边说。

“我家主人是专门写小说的作家，叫佐川春泥，家住乌山町XX号。我是长期受雇于他的用人，叫谷口。主人古里古怪，在树林里建造了一个砖结构的书房。从前天起开始工作后，就没有出来过。主人平时一般不外出，专心于工作，常常饭也不吃。因此，我昨天也就没当成一回事。可到了今天早晨，他还是没出来。我感觉有点奇怪，于是搬来梯子爬到书房后面的窗台上朝里张望。没想到主人却倒在地毯上，整个脸都是血，全身一动不动的。我立即下了梯子打算开门进去，不料，门内侧被锁了，那扇门十分结实，想撞开它凭我这么点力气是不可能的。整个房间也只有一扇窗户，其外侧还有铁栅栏防盗网。请你们火速派人去现场。”

警员立即打电话向警局报告，随即与老人赶到现场。

不一会儿，中村警部带着几名警员从警局赶来了。

经过查看，现场情况与老人说的基本相符，唯一的窗外侧装有铁栅栏防盗网。门内侧被插上了门闩。警员们沿着老人事先架在那里的木梯爬上去窥视房间，果然有一个男子趴着倒在地上。

从窗那里看到的门背中间，是一根很宽的粗铁栓。看上去，备用钥匙也打不开。最好是破坏窗子上的防盗网，可防盗网也非常结实。

警员们用肩膀朝防盗网撞了几下，防盗网难以撼动。

“看模样这儿好像是新建不久的书房吧？”中村警部问老人。

“是的。从开始使用到现在只不过三四天。”

“你说你受雇于主人很长时间了？

“是的，已经有十年多了。”

“主人的职业呢？”

“我不是很清楚，但他是一个有钱人，过着非常奢侈的生活。他时常伏案写书，因此建造了这么一个书房。”

“嗯，你家主人好像是一个精神异常的人物！从这幢建筑来看，给人一种怪异的感觉。瞧，里面黑乎乎的，门背还装有这么一个大铁门栓，到底防备什么？我猜想这书房里好像放有什么贵重的东西。”

“我也不是很清楚，但不可能有什么贵重物品。要说在门背安装这样的铁门栓，可能因为我家主人在写东西的时候，最讨厌别人进书房。为此，他干脆让人打造了这么一个铁门栓。我不知道主人还有什么用意，但他好像有许多敌人。那种情况我曾经听说过。敌人多了，必须小心谨慎，等等。”

警员喊来一个木工把门打开。木工使用工具将门砸坏，于是，中村警部率先冲入室内。

被害人被手枪子弹击中面部而亡。警员们开始对室内进行搜查。

门内侧不仅被锁，还加了一道大铁门栓。钥匙放在桌上。窗外侧的铁栅栏防盗网深深地嵌入水泥里，丝毫没有异常。铁栅栏防盗网内侧是玻璃窗，也上了插销。

砖墙很厚，室内四周的墙涂有一层灰泥。天花板上和地上没有暗道出入口。可以这么说，这是一个完全的密室。

技术警员拍了好多张玻璃窗内外的照片。法医警员检查了被害者尸体，随后将被害人尸体抬到了主屋。

被害人是被枪弹击中的，身上没有发现被钝器击打过的伤痕。不用说，子弹从窗外射入的可能性几乎为零。可以断定，被害人是在室内被击中的。可罪犯行凶后又是从哪里逃离房间的呢？

中村警部想出了多种密室的形式及其特点，与本起密室杀人案件相比较，这次用以往的经验侦查是不现实的。

这时候，调查房门的警员诧异地嚷道："呵，这是一扇特殊门，内侧的锁孔与外侧的锁孔不是一个孔眼，也不贯穿房门，前面部分是塞住的，并且，内外的锁完全不同。警部，这种情况太少见了！死者一定是担心别人用备用钥匙从外面开门？或许是害怕别人从外侧通过锁孔窥视内侧。总之，这肯定是木工按照主人设计而定做的。并且，门的上下左右与门框之间非常严密，几乎一丝间隙也没有。"

大家相互望着对方。

"这样吧，暂时先把被害人送到医院里！"

中村警部在经历了一番思考后，仍解不开这个密室之谜，于是，吩咐手下先将尸体搬上救护车，根据尸体解剖结果再寻找答案。

尸体运走后，警员们集中在院子里。这时候，有一个男子径直朝院子里走来。这男子外表像个绅士，鼻梁上架着一副眼镜，嘴上留着小胡子，年龄在三十五六岁。

“你是谁？这儿发生了一起重大案件，非常忙乱。”

一警员上前朝青年绅士解释，以为来访者可能是被害人生前的朋友，还不知道朋友已经遇难。

“我叫松下东作，是一名律师，就住在附近。刚才，一个经常来我家干活的木工告诉我了这个案件。听说是密室杀人，我想先说一些我的想法，仅供你参考。”

警员将这一情况传达给中村警部。

中村警部想到这里，朝松下东作身边走去。

“你想提供什么情况？”

大家聚集在俩人周围。那个叫谷口的老人也饶有兴致地站在人群里竖起耳朵倾听。

“我平日里一直在研究密室犯罪是如何进行的。这起案件似乎也是发生在密室，并且完全是密室杀人。很久以前，美国有过类似的案件。罪犯行凶后，既不是从门口逃走，也不是从窗户逃走，而是选择了天花板。也就是说，从顶上逃之夭夭。那罪犯启用千斤顶抬起大梁，从间隙处钻出去，再用千斤顶降下大梁。”

听他这么一说，中村警部忍不住插话道：“你说的那种情况不可能发生，因为这幢建筑的屋顶是用水泥制成，非常坚固。”

松下东作不动声色。

“明白了。我没有说罪犯是从屋顶进去，只是举一个例子而已。说到屋顶，在日本也曾经有罪犯使用过。五六年前，山形县那里，有一个罪犯用绳索吊起屋顶。可四五年前，一个美国罪犯想出了更出人意料的密室杀人方法。在某野地里杀了人的罪犯，只用了一个晚上的时间，在杀人现场建造了一幢房屋。门和窗都是从内侧插上保险栓和插销的，再装上板墙。也就是说，罪犯是从板墙进出作案现场的。不用说，谁也不会想到罪犯在凶杀现场建房。只有这样做，才称得上真正的密室杀人。怎么样，我说的这些能供你们参考吗？”

这时候，谷口老人离开了人群，不知要到哪里去。松下东作见状，立刻喊道：“这位老人，你是这家的人吗？请等一下，我有话要对你说，请听我说一会儿好吗？”

老人笑了，但表情很尴尬，返回原来站的位置。

律师男子继续说道：“我打听过了，有人说这幢房子是最近造好的。大家都会这么考虑，杀人是在房屋建成后进行的。因为，房屋不完工，人是无法入住的。可是，大家如果反过来思考，结果是怎样呢？所谓圈套，是巧妙地利用常识上的盲点。这起凶杀案，是在这幢房子几乎要竣工的时候发生的。要制造圈套，必须利用这里的盲点。我没有看见这一过程，具体细节说不上来。但如果说说原理，这幢房子是在墙还没有完全建成之前，先完成了门和窗，而且是在内侧将门窗锁上。墙上却预先留有可供人出入的洞口。罪犯就是从那样的洞口逃出书房的，然后用砖将洞口补上。怎么样？这是我的一个想法。事实上，还有其他更简单的想法。事先留一个泥瓦匠，杀人之后让他砌墙。罪犯在铁栅栏防盗网嵌入前将人杀死，然后从窗口逃出。当时，玻璃窗外侧还没有装上插销。罪犯十分担心泥瓦匠看见尸体，在逃出房间前用床单之类的大块布盖住尸体，再用细绳系住大白布的端部，将细绳的另一头系在窗下手能触及的地方。接着，他从窗口钻出后关上玻璃窗，让泥瓦匠将铁栅栏防盗网嵌入墙内。听说，铁栅栏防盗网的铁管是一根根埋入水泥里的。像这样的工作，通常由泥瓦匠来做。泥瓦匠在完成了铁管埋入水泥的工作后离开，罪犯便将手伸入防盗网，推开玻璃窗，再将手伸入窗内朝下拽住细绳，拉出床单。接着，将插销栓提起稍稍安在固定件上，慢慢关上窗户，并在外侧轻轻敲打一下窗玻璃，于是，插销栓受到震动后离开固定件进入插销孔。水泥里如果有干燥剂，一天就可干燥固定住。因此，两三天后向警方报案的话，一切还是崭新的。究竟哪一部分是最后完工的，根本无法判断。刚才说的是室内杀人。但还可以反过来考虑。先在外面杀人，然后将尸体搬到密室里。我所提供的想法，就是上述内容。”

松下律师恭恭敬敬地行了一个礼，从目瞪口呆的人群里钻出，朝大门那里走去。

一走出大门，只见十米左右的前方，那个谷口老人在快步走着。

松下律师追上前去。

“你果然想溜之大吉。”

老人惊愕地转过脸来。

“什么，你是刚才演说的那位……”

“你想装聋作哑那可是过不了关的哟！其实，你绞尽脑汁，费尽心机所设计的圈套，已经真相大白了！”

“你，你在说什么？”

老人神色木然。

“哈哈哈……还真会演戏！实话告诉你，刚才那具尸体是假的，你的阴谋就要在医院里被识破了。”

松下律师的语气突然变得粗暴起来。

“什么？假的？阴谋？你要说什么？”

“喂，你把假胡子摘下来吧！”

松下律师猛地扑向老人，伸手抓住他的白胡子。假胡子被拽了下来，真相出人意料，居然是须原的脸。

“须原，你的幻想完全成了泡影。”

然而须原还是不清楚这个松下律师到底是何人。

“你，你到底是谁？”

“哼，还不明白？你就当我的脸上没有眼镜和胡子，请仔细看好了哟！嘻嘻嘻……”

逃　窜

“还不明白吗？是我哟！”

松下律师说完，摘下眼镜，又一把扯下假胡子。

“什么，你是佐川春泥？到底是怎么回事？”

须原正大为一惊，茫然不知所措，呆呆地紧盯着对方。

“我们还是找一个地方说吧！你还没有给我钱呢！”

扮作佐川的影男说完，走入神社的树林里。

不一会儿，两个人面对面地坐在树墩上。

“太遗憾了，竟然是你。我被你巧妙地骗了一回。”须原正不可思议地说。

“我和你都持有相同的二五口径手枪。那天晚上你来的时候，我趁你不备之际，将你口袋里的枪换成了我的枪。”

“什么？你换了我的枪？我怎么一点都没有察觉！你简直是一个盗窃奇术师！”

“呵呵呵，对于我这样的人来说，奇术是最重要的技术！由于换成了我的手枪，你射出的第一发子弹仅仅是空壳！我假装倒地死亡，也多亏我那样做。剩下的子弹可都是实实在在的哟。不用说，你肯定没有想到第一发子弹居然是空壳。”

“你简直是胆大包天！如果我连射两发，你怎么办？”

“我想，罪犯最忌讳的便是弄出响声，尤其是枪声。如果能一发子弹将对方打死，那他必然不会射出第二发子弹。我其实早就察觉到你打算杀我。为此，我事先准备了演戏用的血包等待那一刻。我一边倒地一边迅速将血涂在脸上。”

“请暂停一下！我曾触摸过你的心脏，也摸过你的脉搏，当时都没有动静了呀！”

“那也是奇术。”

“什么？你可以让心脏停止跳动？”

“要让心脏停止跳动是困难的。不过，我在衬衣内的心脏部位贴有一大块酷似胸部的塑料板。这么一来，你再怎样用手触摸也不会有跳动的感觉。脉搏也是一样，我采用了古时候的奇术法。在腕下夹一个比乒乓球小一点的硬橡胶球，让它靠在手臂内侧紧紧压住动脉。于是，那前面的脉搏就消失了。”

“没想到你这么狡猾。在我去主屋打电话的时候，难道你真的用一具尸体顶替你？”

“是啊。不事先识破你的诡计，我就不好办了哟！我是从某医大实验室的尸体里，找到了一具酷似自己的尸体，事先搬到这附近藏起来。我还在尸体脸上划了一道伤口并抹上血。”

须原正的脸上露出得意的表情。

“可我还没有败给你哟！道高一尺魔高一丈，

我也许还有最终制服你的王牌？”

影男见状，不由自主地将手伸入口袋，可没有摸着手枪。他欲站起身来，冷不防从背后伸来一只铁钳般的手。树后一直埋伏着另一个敌人！这男子臂力强壮，影男使出全身力气与他格斗，终因寡不敌众，结果被对方按倒在地，绑了起来。

“哈哈哈……你不会想到我在树林里设下了埋伏吧？如此麻痹大意，好像不该出现在你的身上。”

出现的男子，就是上次帮助须原诱骗美良子和筱田的司机——斋木。

“好了，快把他带到车上去！”

须原吩咐道，于是，他和斋木抱起影男，一个抬头一个抬脚，朝着树林深处走去。他们钻出竹篱笆围墙洞口，来到路上。那里停着一辆轿车。

影男被按在后排座位上，须原则坐在他的旁边监视。

轿车慢慢地驶离路边出发了。

斋木一边驾驶一边对后排座位上的须原正说：

“副总经理，说实在的，我有点担心呢！一个我们难以对付的大敌出现了。”

“你说什么？大敌？”

须原正惊讶地盯着司机的脸。

“不担心被他听见吗？”

“没关系！他已经是瓮中之鳖，再过一会儿就要让他从这个世界上消失了，所以他听了也是白听。”

须原正胸有成竹地扫视了影男一眼。

“我担心的是这么一回事，那个叫明智小五郎的大侦探，已经察觉到了我们所干的这个行当。”

“什么？明智小五郎？”

“嗯，来这里之前，我在事务所里。你刚出门不久，我便接到一个奇怪的电话。来电话的人没报姓名，只是说明智小五郎已经注意到你们了，要千万注意！这也许是吓唬我们，可我们还是要把它当作一回事，千万不可大意。”

“哦，是这么回事！你说的如果是真的，那倒是让我着实担心的事情。明智小五郎一出现，我们可就遇上难以对付的麻烦了。因为这家伙背后有警局撑腰。这情况我们要当成头等大事赶紧商定对策。另外两个合伙人知道这一情况了吗？”

“我已经用暗号通知了他们。”

须原正把两条手臂紧紧交叉在胸前，没有吱声。斋木一脸担心的表情，也没有吭声。

“好，就在这里停车！你下车去看一下事务所周围的动静。”须原正命令司机。

斋木停车后打开车门下了车。片刻后他匆匆回来了，脸上是惊慌失措的神情。

“不行，事务所后面有五六个便衣，不知是不是警员，可那模样确实像是在等我们进入圈套。”

“那好，我们到品川事务所去。”

轿车又飞驰起来了。

品川那里也有这家杀手公司的事务所。所谓事务所，从某种意义上说，是他们隐藏的窝点。须原正一伙在好多地方拥有隐藏的窝点。不然的话，他们难以生存到今天。

不一会儿，车又驶到了品川的御殿山附近。须原正又让斋木停车去事务所周围察看动静。可没过多久，斋木又慌慌张张地跑回来了。

“不行，这里的事务所也被监控了。须原，接下来到哪里去呀？”

“去尾久！”

须原正吐出这么几个字后不再说话，脾气开始变得急躁起来。

从品川到尾久有很长的距离。当车即将开到尾久的时候，太阳开始徐徐下山，周围笼罩着一片暮色。

令须原正惊愕的是，尾久事务所也被布控了。他脸上的表情越来越烦躁，仿佛是只被追得走投无路的困兽。

接着，车又连续去了另外三家事务所，斋木也都一一去了事务所周围察看。可糟糕的是，都被布控了。

看来，不只是明智小五郎在寻找自己的行踪，警局肯定也已经出动了。

怎么办？他命令斋木将车停在世田谷区的一条

路上，随即陷入了沉思。

眼下，警方可能已经在通往外省的各条要道设卡盘查，也许还贴有通缉令。在这种非常情况下欲逃出东京，无疑充满了危险。可是……这条路也不是长时间可以待的地方。

凡东京都内的道路，随时会受到巡逻警察的检查。目前，最好是隐蔽在什么地方，而且越快越好。

须原正不停地思索着，一直没有动弹，也许是心急如焚过了头，脑子一片空白。

突然，他想到了躺在身边座位上的影男，连忙敲打着他的肩膀并说道："喂，目前的情况你全偷听了吧？我如果被抓，不用说，你也跟我一样被问罪。

"你帮助过我们公司，本身还犯有许多罪行。一旦被抓住，也同样完蛋。因此，你赶紧告诉我最保险的隐蔽场所。如果你愿意说，我就取出你嘴里的布团，怎么样？"

影男明白了须原正的意思，一个劲地点头。

须原正高兴地笑了，赶紧从影男嘴里取出布团。

“我们还能恢复原来的友好关系吗？”

影男刚能开口说话，立刻毫不含糊地提出条件。

“没办法，我们之间切身利益一致，那就暂时停战。目前，你我必须先保证自身安全。在这种时候，你一定已经想出绝妙的办法了。快把你的好办法说出来听听。”

“停战讲和，就这样随便说说的吗？你是一个反复无常，讲话没有信用的人，现在我也不说这些了，你既然求我，我就送一个好办法给你吧！”

须原正不停地朝影男低头行礼。

“拜托了，请一定要帮忙！现在这种危急关头，只有依靠你的智慧了。”

“那好，快解开我身上的绳索。身体得不到自由，又怎么想得出好办法呢？”

“好，我帮你解开！可是，你不会出什么坏点子吧？你是不是想背叛我逃走？”

“你要是怀疑我，就别解开我身上的绳索了，好吗？又不是我求你的。”

“好，好，明白了，这就帮你解开！你要是不知好歹执意逃走，别怪我不客气。看见了吗？枪就在这里。这一回不可能是空壳子弹了。”

须原正掏出手枪在影男眼前晃了一下，开始解绳索。

影男的双手自由了。他隔着车窗看外面。

“这里是什么地方？”

“是下高井户附近。”司机回答说。

“去荻洼那里需要多长时间？”

“十五六分钟。”

“好，去荻洼。从荻洼驶上青梅公路，再往前走。如果发现公用电话亭就停下，我想打一个电话。”

车，飞也似的奔驰在路上。

不一会儿，出现一个公用电话亭。

影男被须原正用枪顶着头下了车，来到电话亭里。

“喔，太顺利了！我找到了一个绝妙的场所，接下来，我让你看有趣的东西……”

影男走出电话亭笑嘻嘻地说道。

由于有了行驶的目标，轿车像箭一般飞驰起来。越过国铁道口，一驶入青梅公路，影男便开始打起手势忽左忽右地指挥着司机。

周围已经暮色浓浓，路灯犹如飘带朝车尾飞去。

不一会儿，轿车停在一幢大型别墅的门前，周围是高高的水泥围墙。

也许是刚才的电话事先通知了别墅的主人，车一停，铁门便无声地开了。轿车驶入了大门里。紧接着，大门关上了。

人　树

三人一下车，不知从哪里钻出一个身着一套黑色丝绒服的男子，一溜烟来到影男身边。

男子和影男悄悄地耳语了几句，然后走在前面带路。

一来到后院，眼前出现了一座大池塘，被黑夜笼罩的水面显得静悄悄的，周围是茂密的树林。

在黑衣男子的指引下，三人来到池塘边。

“到这么个奇怪的地方，究竟想干什么？”

须原正心里有点不安起来，轻声问道。

“我们一起隐藏在这座池塘里。”

影男笑着，话里有话地答道。

“什么？到池塘里面去？”

“嗯，是的。潜入水里！嘿嘿嘿……可你不必担心。不是这样直接跳进去，而是采用非常绝妙的方法进入池塘里。你马上就会知道是怎么回事。好了，别说话，仔细看好了！”

突然，黑色的池塘表面荡起了涟漪。三人凝神注视，只见水面晃动的地方出现了一根粗棍子模样的东西。

棍子端部像旱烟管头部一样弯曲，是潜水望远镜。那棍子模样的东西伸长两米左右，顿时，池塘里的水晃动得更激烈了。直径两米的黑圆筒嗖地扬起了巨大的脑袋。

不一会儿，圆筒形的棍子不再动弹，顶上的盖子打开了，从里面很快伸出一架铁梯向岸边延伸，随后搭在岸上。

“好，请！”

黑衣男子轻声说完，便走在了前面，沿着铁梯消失在圆筒里。

“快进去吧！这里是另一个世界的入口！到了另一个世界，就与现在这个世界断绝了任何关系。那里是绝对安全的地带。快，跟着我进去。”

影男对须原正的司机说，随后敏捷地沿着铁梯下到圆筒深处。他俩紧随其后。

圆筒内侧装有直梯，一直向下延伸。三个人沿着铁梯下去后，圆筒开始下降，就像电梯下降一样。圆筒再次停止的时候，三人在刚才的那个黑衣男子带领下，沿着地底下的洞窟朝纵深处走去。

片刻，男子邀请三人来到岩洞形状的小房间里。影男曾经来过这里。

“请进！我在这里等候你们多时了。”

那里坐着一个大腹便便，留着一撮小胡子的绅士，笑嘻嘻地迎接来客。

“我想让两位见识这里的世界！”

影男将须原正和斋木介绍给胖绅士，侧过脸朝黑衣男子说：“我们驾驶的那辆车怎么办？请把它开到车库，不要让人看见。”

男子点点头，行礼后走了。

“我先支付观赏费用。上次也是在这里支付的。”

“是的，是那样的。”

胖绅士搓着手答道。

影男从口袋里取出支票，在上面写了一百五十万日元的字样。

“这是我的支票，你已经熟悉了吧？是有信用的支票。”

“是的。我们都知道你收入很高。”

“现在，可以带我们到里面去吗？”

“请！接下来，我有一个情况得事先向你们说明一下。这回，与上次您来的情况发生了翻天覆地的变化。你上次目睹了大海，可这一回是让你欣赏树林。还有，第二世界也有了大的变化，出现了荒凉的世界尽头。你在树林里徘徊的时候，可以发现这一切。好了，请各位沿着通道往深处走吧！与上次一样，向导已经在老地方恭候。”

胖绅士把他们送出房间，接着，三个人沿着隧道般的洞窟朝里走去。

走了片刻，洞内深处出现了一个白色的东西，与上次一样，是身着白色服装的美女。

在美女的带领下，三人来到岩石房间里的温泉池边更衣，斋木说他不喜欢温泉，只是换上了规定的衣服。衣服与上次一样，是黑色的紧身衣裤。

接着，三人又一起沿着昏暗的洞窟不停地朝里走去。

隧道渐渐变得越来越窄，一到洞底，正前方那块大岩石嗖地朝旁边移开，出现了一条不规则的通道。一走进这条通道，便是陡峭的石台阶。爬完石台阶，那里有一个不可思议的国家。

三人来到那里，便身处无边无际的树林中央。

可这片树林是地上不可能见到的奇怪树林，那些巨大的树木也是植物学家迄今为止不曾见到过的怪异大树。到处是两个人张开臂膀才能围成圈的大树，胖乎乎的，摇摇晃晃的。那上面宽大的棕榈树叶遮挡着天空，十分茂密。

三人走到最近的一棵大树边上观察，原来，那是由许多人排列组合而成的！

异　变

这些人都穿着紧身衣裤，相互紧紧地重叠在一起，构成一根根有着奇异曲线的粗柱子。到处是由手臂和腿形成的人树，还有美女瀑布般的长发，仿佛缠绕在大树上的藤。

远远望去，像这样由许多人重叠组成的大树不计其数，向着远处延伸。

上次来的时候，那个胖绅士曾经说过，这地下有一百多个人住着。如果真是像他说的那样，这些人不可能构成规模如此庞大的人树群。这里，肯定藏着魔法术。

影男目不转睛地观察着这片“白树林”，将视线穿过间隙朝最远的树林那里眺望，一片慢悠悠晃动的场景。

影男此刻仿佛在梦中。

三人竟然忘记了说话，不知不觉地在树林间徘徊。

“咦，你瞧！有一个身着黑色丝绒衣的游客在向我们走来！”

须原正来到地下参观，还是第一次开口说话。

果然，对面树林里有黑色人影在晃动，也是三人。

“瞧！那边也有人！”

顺着他的手指望去，那里也出现了三个人。

“瞧！后面也有人朝我们走来！”

循声朝司机指的方向望去，果然，后边的树荫下也有人。

三个人转着圈子眺望四周，周围有无数若隐若现的黑影。

到底怎么啦？是不是出现了幻觉？！

三人害怕起来。

“啊哈哈哈……”

就在这时，影男突然大笑起来。其他俩人惊愕地转过脸来望着他。

“哦，明白了！是魔术！原来是镜子产生的效果！瞧！四面都装有镜子。这是八角形状的房间，八面装有镜子。因此，真正由人组成的树就十棵左右，反射在八面镜子上，而八面镜子再相互反射，就产生了不计其数的人的效果。身着黑丝绒服装的游客，也是镜子反射再反射所致。其实，就我们三个游客在这里。店主采用八面镜子相互反射的原理制作了这样有无限游客的场面。如果在地面上使用这样的魔术，我马上就会识破它。可一来到这儿的地下洞窟里，再加上灯光的巧妙配合，我也产生了错觉。”

这时候，不知从哪里传来鼓声。声音震耳欲聋，穿过树与树的间隙。

三人吃惊地停住脚步，相互望了望。鼓声又停了。紧接着，传出了弦乐声。与此同时，又响起了大型合唱团的歌声……

那些相互重叠组成大树的人，在进行大合唱。

歌声在洞窟里回荡，产生不可思议的共鸣。三人听得出了神，在这气势宏大的场面中陶醉了。不知是谁先开始跟着节拍跳起了舞，于是，大家一起跳了起来。

此时此刻，他们把杀手公司的事和专门窃取名人隐私的事，都抛到了九霄云外，一边跳舞一边沉浸在梦幻般的喜悦之中。

大合唱的声音时高时低。

“咦，那是什么呀？”

突然，周围的树林里龟缩着一个黑色的东西。

影男第一个大声嚷道，停下了舞步。紧接着，须原正也不跳了。

“可能又是什么地底下的魔术开始了？”

“我们好像喝醉了一样，镜子里的影子变成那么多，真是太不可思议了。我刚才举起手，可不举手的比举手的多。那些不举手的，不是我的影子，而是别人的影子。”

两个人一边说一边相互举起了手，可晃动手的只是全部黑影的一小部分。新变的黑影，不是一个两个，也许是五个、十个或者更多。并且，这些人从前后左右朝他们三人走来。

好像是警员为了逮捕罪犯形成的包围圈，并且，包围圈越来越小。

两个人已经吓得身体僵硬不会动了。那样的预感，在他俩的脑海里越来越明显。

音乐达到了最高潮。重叠组合而构成的人树林剧烈地晃动起来，歌声犹如爆炸声，震得耳朵疼。忽然，歌声停止了，人树林的晃动也随之停止了。

那是因为非同寻常的刺耳声响了起来。

枪声！是手枪射出子弹的声音！

影男和须原正瞪大眼睛，观察从四面八方紧逼而来的新黑影，每人手上都握着手枪。

“举起手来！”

走在最前面的一个人大声喝道，划破了周围的寂静。

影男和须原正老老实实地举起了双手。

两个人蒙了，不知道眼前究竟发生了什么。

“听好了！杀手公司的常务副总经理须原正，外号‘影男’的速水，你们俩被逮捕了。”

这是一个与周围气氛不相吻合的警员的声音。

地上的警员，怎么会出现在这个世界呢？按理说，他们是不可能进入这个奇异世界的。

“你，你们到底是什么人？”

“我是警局的中村，这是逮捕令。”

自称中村警部的男子说完，将逮捕令递到他俩跟前。

那确实是警局的逮捕令。

咦，这到底是怎么啦？难道是那个胖绅士向警方告的密？可他也是一个有罪的人，不可能自投罗网啊！不，不会是他！那么，警方到底是怎么知道我们在这里的呢？

影男的脑子在迅速地思考着。

“喂，须原，你那个司机到哪里去了？怎么不见了？”

影男忽然恶狠狠地望着须原。

“嗯，我也是刚察觉。喂，斋木，你在哪里？”

喊声刚落，斋木离开人群，从他俩的身后出现了。脸上丝毫没有吃惊的表情，而是笑嘻嘻的。

“现在是你俩认输的时候了。”斋木若无其事地说道。

须原正惊叫起来，瞪大眼睛紧盯着对方的脸。

突　围

“喂，斋木，你怎么啦？是不是还没有从刚才的梦幻中清醒过来？”

须原正铁青着脸朝斋木咆哮般地吼道。

“眼下，是你的大脑产生了错觉吧。”

斋木说话的口气突然变得硬起来。并且还朝旁边的警员使了一下眼色。两名警员立即跑到须原正和影男身边进行搜身。经检查，两个人身上皆没带凶器。于是，斋木朝他俩走去。

“须原，你一直以为我是斋木，对吧？”

“什么！那，你不是斋木？！”

被称为斋木的男子猛地把假发套扔掉。

影男见状顿时脸色骤变，大声嚷道：“啊！你是……”

“是的，我是侦探明智小五郎！”

顿时，周围立马安静了。影男和须原正神色黯然。

不一会儿，须原正缓过神来，开口问道：“你就是日本第一大侦探明智小五郎？真是有眼不识泰山，实在对不起。可不知你是什么时候改名为斋木的……虽然我听说过你是化装高手，可……”

“哈哈哈……我是在毒气事件和泥墙小窗仓库事件发生前几天改名的。当然是为了抓获你们才改名的。其实，那个斋木和我确实有点相似，不是吗？我找了这条捷径，将斋木藏起来，而我则化装成他。从那以后，我便成了你忠实的部下，直到你被警方正式逮捕前还在为你工作呢！”明智小五郎笑嘻嘻地说道。

“哈哈哈……这太有趣了！你跟着我唯命是从，不用说，每次杀人时你总是充当帮手。还记得吗？

用煤气毒死筱田和川波美良子的事件，是你把他俩诱骗到杀人现场的吧！俩人中毒身亡后，也是你用砖和水泥封闭门窗的。所以说，你就是帮凶啊。”

“哈哈，我拧开煤气栓和砌墙时，那两个人已经不在房间里了。”

“怎么可能？监视房门的是我，而且我一直没有离开监视岗位，再说，房间就那一个出入口。”

“是的，你确实是忠于职守监视着房门！可你忘了我俩是轮流监视房门的。”

“轮流？”

“是呀，当我把他俩带到房间后，你从窥视窗讽刺挖苦他们好一会儿，然后你出门去迎接川波良斋。是这样吧？你走后，监视他俩的任务，无疑落到了我的肩上。”

须原正目光呆滞地注视着明智大侦探的脸，气得连话也说不出了。

“那对于我来说是绝好的机会！我赶紧进入房间把他俩放跑了。

“两个人翻越走廊窗户逃到院子里，到了后门。

那里埋伏着我的部下，是专为接应他俩并掩护他俩转移的。”

“这，不可能，你这是在乱说一气！我把川波接到现场让他从窥视窗检查时，他亲眼看到那两个死囚在房间里！”

“是的，我在那里摆下了迷魂阵。你不知道吧？我把裤子、裙子和两双鞋子用报纸包裹，事先藏在走廊上的小仓库里。那天，我趁你不注意时把那纸包带入房间，让他们脱下自己的裤子、裙子和鞋子，换上我带来的。在将他俩放走后，我把报纸作为他俩的下半身，加上他俩留下的裤子、裙子和鞋子的掩饰，两个人的下半身便制作成功了。我让这两个假人的上半身靠在窥视窗下面的墙上，由于窗的位置很高且窗口很小，只能看见两个假人的下半身。看到这种情景的川波，一定以为他俩已绝望地靠着墙等待死亡的那一瞬间。”

“该死！我被你骗了！”

须原正重重地跺了一脚，后悔极了。

影男一直饶有兴致地看着他俩的表情，听着他俩的对话。当一听到筱田和美良子获救的消息，再看看须原正那气急败坏的模样，忍不住笑出声了。那表情似乎在说，痛快。

明智小五郎继续说道：“我所设下的圈套，无一不是巧妙地利用了你对斋木的信任。你把他视为第一助手，对他绝对信任。如果没有这个前提，那我化装得再怎么高明也是不能获得成功的。你一定也同意我这个观点吧？所以，为了进一步增强你对斋木的信任，我事先埋伏在树林里袭击了这个有着速水、佐川等多个假名的影男，使他成了你的阶下囚。然后我驾车带着你俩转遍了你设在东京的许多窝点。说那些窝点已经受到警方监视，这完全是我编造的谎话。然而你对我说的每一句都深信不疑，因而也就不可能识破我的圈套。我为什么要这样做，或许你并不明白我真正的动机。陷入困境的你迫于无奈，最终会向这个冒名佐川的影男求援。我其实是在等着你走这一步棋。也就是说，我太想知道这个冒名佐川的影男会把我们带到哪里。果然，他把我们带到了这么一个有趣的场所。在这里，我又发现了让人不可思议的罪犯。一个是杀手公司的创办人，一个是专门从事窃取别人隐私从中敲诈钱财的影男，还有一个是在地底下构筑和经营全景画王国的怪人。真没料到，我这次所获得的不是一箭双雕，而是一石三鸟，收获太多了。哈哈哈……”

明智小五郎爽朗地大笑，那轻松而又洪亮的笑声，越过人们的头顶在空中飘荡。

这时候，一直默默无言站在一边的影男，朝着明智小五郎开始说话了。

“明智先生，我有不明白的地方想问一下，你是采用了什么方法如此迅速地与警方取得了联系？还有，这地底世界你原来就知道吗？”

“不知道。我是第一次来这里。要说在跟警方迅速取得联系方面，我也使用了魔法。”

明智小五郎说这话时的语调就像在和好朋友闲谈。

“你大概知道我有一个得力的助手叫小林芳雄吧？我为你们驾驶的那辆车的后备厢里，就埋伏着小林芳雄。他是在我和须原正抓住你之前，在树林旁边上的车。一进入这幢别墅，小林芳雄便溜了出去，在附近的公用电话亭与警局的中村警部取得联系，告知了这里的场所。中村警部立即带着部下驱车赶到这里并埋伏在周围，等待着抓捕时机。在这地下世界里，我狠狠地把这里治理了一下。刚才有一段时间我忽然消失了，其实，就在对面做了一件事。为避免你们俩察觉，我沿着来的路返了回去，在入口处的事务所里抓住了那个胖绅士，并让他交代了这里的情况。这地下世界里共有八个身着黑丝绒紧身衣裤的男子，我用电话把他们一一叫到事务所，然后用绳索将他们绑了起来。随后，我命令胖绅士将池塘里的圆筒浮出水面，把铁梯子架到岸上，让十名警员迅速进入。有关你们的秘密，我是从山际良子那里得知的。她原是影男的部下，现已改邪归正，并把所了解的情况全都告诉了我。由于接受了春木夫人的委托，发生了枯井藏尸体事件；由于接受了须原正的委托，发生了泥潭杀人事件。

“通过调查，我还搜集了其他一些确凿的证据。我调查了多起失踪案件，从中发现失踪者大多与一些富豪有牵连，且几乎都是他们的眼中钉或是绊脚石，这让我慢慢察觉到杀手公司的存在。让我惊奇的是，在深入侦查的过程中，须原的杀手公司居然浮出了水面。你俩的关系时而是同伙，时而是对手。但制造杀人事件，则是你们的共同兴趣。于是我制订了欲将你们一网打尽的计划，现在，我的计划终于实现了，也可以说是大功告成了。让我感到特别惊喜的是还有意外收获。我不仅将你俩擒获，还抓获了我压根不清楚的制造地底魔幻世界的罪犯。”

就在明智小五郎演说的过程中，影男和须原正一点一点地朝后移动脚步。尽管明智小五郎看在眼里，却没把它当一回事，依然装作若无其事的模样。

“明智，这两个家伙企图逃跑。”

中村警部捣了一下明智小五郎的手臂。就在这时候，那两个人忽然逃窜到人群里，朝着镜面靠近。此刻，警员手里的枪已经起不了作用，如果开枪，势必会伤及无辜。

镜屋里顿时变得混乱起来。他俩在人群里又是打又是踢，许多人来不及躲闪而先后倒在地上，发出阵阵喊叫声。这俩人费了好大的劲终于来到镜前，沿着镜面墙奔跑着。沿着这镜面墙转一圈，也许能找到另一个全景画世界的出口！只要一进入那里，一定能设法冲出警方包围圈。

两个人突然想起刚才胖绅士解释的时候，他好像说了有另一个出口，于是期盼这样的奇迹出现。

他俩沿着镜面墙一连转了四个弯，奔跑途中还不时地用手触摸着镜面。

“啊，在这里！”这时候，影男大声喊道。

镜子的一部分猛地晃动起来，随即出现了一个洞口。

两个人赶紧连滚带爬地朝里面跑去，身后随即传来吱的响声，暗门关上了。

两个人终于实现了进入另一个世界的愿望。在那里，没有围观人群的喧哗声和警方的脚步声。周围静得出奇。

末　日

影男和须原正在这漆黑的岩洞里朝前走了一会儿，发现自己又来到了另一个世界。

那里是深不见底的裂谷，两侧高高耸立着陡峭的黑色岩山，岩山的另一侧尽头连接着黑色的夜空，无数星星闪烁着。

“那是真正的天空吗？这里也许是很深的地底吧？”

个头矮小的须原正，身体几乎缩成一团，被这意想不到的美丽景色深深吸引住了。

“那是不可能的。这儿肯定还是洞窟，天花板多半也是采用镜面制作的。天上无数的星星也许是小灯泡吧？”

影男喃喃自语，但声音里充满了恐慌。

他俩蹲在黑暗里，仰望岩山上遥远的星空。刚才那人声鼎沸的场面，仿佛是遥远的梦境。不知不觉，天空渐渐地亮了起来，星光逐渐暗淡，继而消失。岩石裂缝及其周围则成了紫色、橘色，最后成了艳丽的朱色。

天色渐入拂晓，晨曦照射在断崖顶部，将那里高低不平的岩石染成了紫色和朱色相间的颜色。但光怎么也照射不到谷底。

天空变成了珍珠般的奶油色。不知什么时候又由奶油色变成了深蓝色。此刻，传来轻微的风声，裂缝里升起了奇怪的桃色彩云。

“喂，那不是云，是身着彩装的仙女！无数仙女手拉着手变成了一大片云。”须原正嘀咕着。

“好像施展了奇术，她们被从上面垂下来的绳索吊着。”

影男无论到哪里，都喜欢采用奇术原理解释。

湛蓝的天空变成漆黑一片，天空中刚出现深红色的斑点，转眼间弥漫到整个天空。不一会儿，天空又出现了巨大的褶皱，像窗帘那样朝下降落。

红色光帘裹着仙女云忽上忽下地飘荡。

“瞧，那是极光！正在朝山谷降落。瞧，它不正在朝着我们靠近吗？”

仙女云穿过极光缓缓地下降，断崖岩石变成了漆黑的影子，唯仙女云闪烁着奶油色和桃色的光芒。

云在距离他俩头顶越来越近的时候，不知从哪里传来了轻轻的音乐声，像风吹来的声音，又像溪流般的声音。

俩人欣赏得出了神。与此同时，谷底岩石裂缝里冒出了一缕青烟。烟逐渐扩散。他俩龟缩在地上，任凭烟遮没他俩的腰部，继而盖过胸部，直至最后蒙住了他俩的脸。

他俩像喝醉了酒似的，沉浸在一片香味之中。不知不觉，仙女云已在他俩的眼前。美丽的衣装随风轻轻飘起，形成了奇怪的影子。

云层越来越低，他俩被迫后仰，整个身体倒在岩石上面。脸上被五彩衣蒙住了。猛然间，他俩同时失去了知觉。

“喂，逃出这地底世界的暗道，还有其他路吗？”

中村警部把胖绅士拉到跟前问道。

“没有了！到外面的出入口唯有池塘里的圆筒。”

全身被绑得严严实实的胖绅士，用充满憎恨的语气回答道。

大侦探明智小五郎和中村警部等人从不可思议的树林里返回入口附近的事务所。那里变成了临时拘留所，几个持枪的警员正在看押胖绅士和八个身着黑丝绒衣裤的男子。

“我也估计到这地下世界里肯定只有一个出入口，便故意放他们逃跑。中村，我们只要坚守这里，就不必担心这两个家伙消失。”

明智小五郎转过脸来望着忧心忡忡的中村警部说。

“可这个被称为世界尽头的特殊世界里，不知还会发生什么。”

“转动机械降下仙女云，最后用麻醉气体让他们昏睡。这里有好几个奇奇怪怪的世界，可要让游客产生美妙的幻觉，必须让他们闭上眼睛展开想象的翅膀。否则，炮制者耗尽心血想出的天方夜谭就不可能实现。”

明智小五郎说到这里沉默了一会儿，又开口说道：“好，暂时解开你身上的绳索，去把机械转起来！当然，我不会离开你半步。”

“是，我去开动机械。不过，在这之前我想问一下，你准备定我什么罪？我既没有杀人又没有盗窃，要说我做了什么坏事，顶多是无证经营这地底娱乐场所……”

“嗯，如果真像你自己说的那样，可能定不了大罪。但是，你到底是不是干了坏事，那得经过一番调查后才能下结论。单凭审讯是不能下结论的。”

明智小五郎瞥了胖绅士一眼。看来，他也许已经知道胖绅士干过走私和绑架等肮脏的丑事。

解开绳索后，胖绅士在明智小五郎的监视下走进机械室。那里有许多大齿轮组合的机械，墙上装有许多开关。

“瞧，这下面就是被称为世界尽头的特殊世界。”

胖绅士一边说一边开始操作机械。不一会儿，明智大侦探的眼前出现了漆黑的岩石裂缝，那里是深不可测的谷底，须原正和影男无精打采地倒在那里。

影男急得想逃走，可身体怎么也动弹不了。

“救命！”他声嘶力竭地叫喊，用力睁开了眼睛。

眼前最近的地方，坐着三个身着制服的警员，中间的那个好像是曾在哪里见过的中村警部，他们的腰间都佩着手枪。

突然，他们感到手腕一阵疼痛。一看，是锃亮的手铐。坐在自己右边的是垂头丧气的小个头须原正；坐在自己左边的是胖绅士。他俩都和影男一样戴着手铐，耷拉着脑袋。

啊！这是押送罪犯的警车吧？

他终于明白了。

须原正歪着脑袋看着影男的脸无可奈何地笑了，影男也尴尬地笑了。

“你们总算明白了！你们是在谷底熟睡的时候被抬上警车的。”

中村警部说这番话时，脸上显得非常平静。

“我们现在是去警局吗？”

“是的。因为你们的行为将受到法律的制裁。”

此刻，警车已经到来了……

江户川乱步年谱

1894年　出生

本名平井太郎，10月21日出生于三重县名张市，为家中长子。父平井繁男，时任名贺郡官府书记员。母平井菊。

1897年　3岁

因父亲工作调动，举家搬迁至名古屋市。

1901年　7岁

4月，进入名古屋市白川寻常小学就读。

1903年　9岁

《大阪每日新闻》连载菊池幽芳的《秘密中的秘密》，母亲每晚都会念给他听，从此对侦探故事萌生了极大兴趣。

1905年　11岁

4月，进入市立第三高等小学。协助父亲采用胶版誊写版印刷和发行少年杂志。二年级时喜欢上了押川春浪的武侠冒险小说。

1907年　13岁

4月，升入爱知县立第五初级中学。读到黑岩泪香的《岩窟王》，印象特别深刻。

1908年　14岁

其父开设平井商店，主营进口机械的贸易销售，兼营外国保险代理和煤炭销售业务，并采购全套铅字，印刷和发行《中央少年》杂志。秋天，开始在学校附近租借宿舍，独立生活。

1910年　16岁

与要好同学坐船到中国的东北地区旅行。

1912年　18岁

3月，初中毕业。因喜欢出版事业，与同学到处奔走、筹备。6月，其父开设的平井商店破产倒闭。由于失去了学费来源，没有继续上高中。随父亲坐船到朝鲜马山，从事垦荒和测量工作。8月，只身赴东京勤工俭学，以优异成绩考入早稻田大学预备班，白天上学，晚上寄宿在东京都本乡汤岛天神町的云山印刷厂，逢休息日打工。12月，迁到春日町借宿，业余时间靠誊写挣钱。

1913年　19岁

春，与祖母在东京牛込喜久井町生活，重读黑岩泪香等著名作家写的侦探小说。曾计划印刷和发行《少年新闻报》。8月，预备班毕业，考入早稻田大学经济学专业学习。

1914年　20岁

春，与同学创办《白虹》杂志，利用业余时间阅读爱伦·坡、柯南·道尔等英国作家的短篇侦探小说。为了阅读侦探小说，辗转于各大图书馆，所做的笔记装订成册，称为《奇谈》。

1915年　21岁

其父回国供职于某保险公司，在牛込与全家一起生活。继续阅读外国侦探小说，并悉心研究“暗号通讯文书”的由来、规则和特点。

1916年　22岁

8月，毕业于早稻田大学经济学专业，入职大阪府贸易商加藤洋行。

1917年　23岁

5月，从加藤洋行辞职，在伊东温泉开始阅读谷崎润一郎的作品《金色之死》，执笔撰写电影评论文章。11月，入职三重县鸟羽造船厂电机部，参与内部杂志《日和》的编辑。

1918年　24岁

4月，其父再赴朝鲜工作。与鸟羽造船厂的同事组织“鸟羽故事会”，在各剧场、小学巡回。冬，在坂手村小学结识村上隆子。

1919年　25岁

辞职到东京。2月，与两个弟弟在东京本乡驹込町经营一家旧书店“三人书房”。7月，在书店二层编辑《东京PACK》杂志。11月，开设中华面馆。同年，与村上隆子成婚。

1920年　26岁

2月，入职东京市政府社会局。10月，关闭旧书店，入职大阪时事新报社，担任记者，经常与井上胜喜谈论侦探小说，开始撰写《两分铜币》。

1921年　27岁

3月，长子平井隆太郎诞生。4月，在东京担任日本工人俱乐部书记。

1922年　28岁

8月，辞职后回到大阪府外守口町的父亲家，与父亲一起生活。9月,《两分铜币》《一张收据》完稿，正式向某杂志社投稿，但未被采用。不久，改投《新青年》杂志，经审定采用。12月，入职大桥律师事务所。

1923年　29岁

4月,《两分铜币》在《新青年》刊载，小酒井不木博士长文推荐。7月,《一张收据》在《新青年》刊载，辞去大桥律师事务所工作，入职大阪每日新闻社广告部。

1924年　30岁

4月，关东大地震，全家迁回大阪。7月，在《新青年》发表《二废人》。10月，在《新青年》发表《双生儿》。11月底，离开大阪每日新闻社，成为职业作家。

1925年　31岁

1月，在《新青年》增刊发表《D坂杀人事件》，名侦探明智小五郎首次登场。到名古屋拜访小酒井不木。之后，到东京拜访森下雨村，结识《新青年》派作家。2月，在《新青年》发表《心理测试》。3月，在《新青年》发表《黑手》。4月，在《新青年》发表《红色房间》，与春日野绿、西田政治、横沟正史等作家发起创建“侦探兴趣协会”。5月，在《新青年》发表《幽灵》。7月，在《新青年》发表《白日梦》《戒指》。8月，在《新青年》增刊发表《天花板上的散步者》。9

月，在《新青年》发表《一人两角》，在《苦乐》发表《人间椅子》；其父逝世。10月，成立“新兴大众文艺作家协会”。

1926年 32岁

发表侦探小说《噩梦塔》(直译名《幽鬼之塔》)等多篇作品。12月，在《朝日新闻》上连载《畸心人》(直译名《侏儒法师》)。

1927年 33岁

3月，停笔，与妻平井隆子开设“宿舍租借有限公司”。不久，独自外出旅行，到日本海沿岸、千叶县沿岸等地；10月，到京都、名古屋等地；11月，与小酒井不木、国枝史郎、长谷川伸和土师清二等人创建大众文艺民间合作组织“耽绮社”。

1928年 34岁

3月，出售早稻田大学附近的宿舍。4月，买下东京户塚町源兵卫一七九号的房屋。同年，发表《丑角师》(直译名《地狱丑角师》)。

1929年 35岁

1月，在《新青年》发表《噩梦》。6月，发表处女随笔《恶魔王》(直译名《恐怖的魔王》)。8月，在《讲谈俱乐部》连载《蜘蛛男》。

1930年　36岁

5月，改造社出版《孤岛之鬼》。7月，在《讲谈俱乐部》连载《魔术师》。9月，在《国王》连载《黄金假面人》。10月，讲谈社出版《蜘蛛男》。

1931年　37岁

5月，平凡社出版《江户川乱步选集》13卷。同年，出版《迷重重》(直译名《钟塔的秘密》)、《暗黑星》和《邪与恶》(直译名《影男》)。

1932年　38岁

3月，停笔，带全家外出旅游，先后到过京都、奈良、近江等地。

1933年　39岁

1月，加入大槻宪二创建的“精神分析研究会”，每月出席例会，并为该会《精神分析杂志》撰稿。4月，长子平井隆太郎升入大阪府立第五初中学校。同年，好友山本直一辞去博物馆工作，担任江户川乱步的助手。12月，在《国王》连载《红蝎子》(直译名《红妖虫》)。

1934年　40岁

发表《恐吓信》(直译名《魔术师》)、《黑天使》和《不归路》(直译名《死亡十字路》)。

1935年　41岁

1月，平凡社陆续出版《江户川乱步杰作选》12卷。6月，春秋社出版《人形豹》。9月，编写《日本侦探小说杰作集》，由春秋社出版，并发表长篇评论文章。

1936年　42岁

1月，在《讲谈俱乐部》连载《绿衣人》；在《少年俱乐部》连载《怪盗二十面相》。5月，春秋社出版评论集《鬼的话》。12月，讲谈社出版《怪盗二十面相》。

1937年　43岁

1月，在《讲谈俱乐部》连载《噩梦塔》(直译名《幽鬼之塔》)，在《少年俱乐部》连载《少年侦探团》。战争爆发后，政府当局对于出版物的审查越来越严格，江户川乱步的所有小说被禁止出版发行，不得不停止撰写侦探小说。为了生活，江户川乱步借用别名为少年儿童撰写探险小说。后来，当局只允许江户川乱步撰写防谍反特小说，在杂志和报纸决定连载前，必须经过外交部、内务部、警视厅和宪兵机构的联合审查，达成一致意见后方可使用江户川乱步的名字刊登。由于公开抗议，被勒令停止写作，结果只写了一部小说。

1938年　44岁

1月，在《少年俱乐部》连载《妖怪博士》。3月，讲坛社出版《少年侦探团》。4月，新潮社出版《噩梦塔》。9月，新潮社出版《江户川乱步选集》10卷。

1939年　45岁

1月，在《讲谈俱乐部》连载《暗黑星》，在《少年俱乐部》连载《蒙面人》。2月，讲谈社出版《妖怪博士》。

1940年　46岁

2月，讲谈社出版《蒙面人》。7月，因心脏不适住院治疗。10月，与同人创立“大政翼赞会”。

1941年　47岁

7月，非凡阁出版《噩梦塔》。12月，任东京池袋丸山町防空会长。

1942年　48岁

任东京池袋北町会副会长，以“小松龙之介”的笔名连载《聪明的太郎》。

1943年　49岁

与著名作家井上良夫书信往来，交流对欧美侦探小说的看法。8月，开始连载科幻小说《伟大的梦》。11月，东京大学文学部在读的长子平井隆太郎被征召入伍，为其举行送别会。

1944年　50岁

出任行政监察随员助手，后在町会领导下开设军需品加工厂生产皮革制品。

1945年　51岁

4月，家属被疏散到福岛，自己则只身留在东京池袋，继续担任町会副会长。6月，因病被疏散到福岛。8月，在病床上听到裕仁天皇宣布无条件投降，平井隆太郎从土浦飞行队退役。11月，举家迁回池袋。

1946年　52岁

6月，倡议成立“侦探小说星期六研讨会”，每月开一次例会。

1947年　53岁

6月，“侦探小说星期六研讨会”更名“侦探作家俱乐部”，被选举为第一届主席。11月，到关西等地演讲，普及和推广侦探小说。没有新作问世，但旧作再版达31部。

1949年　55岁

1月，在《少年》连载《青铜怪人》。6月，再度当选侦探作家俱乐部会长。11月，光文社出版《青铜怪人》。

1950年　56岁

1月，在《少年》连载《虎牙》。3月，在《报知新闻》连载《断崖》，为战后首部短篇侦探小说。12月，光文社出版《虎牙》。

1951年　57岁

1月，在《趣味俱乐部》连载《恐怖的三角馆》，在《少年》连载《透明怪人》。5月，岩谷书店出版评论集《幻影城》。12月，光文社出版《透明怪人》。

1952年　58岁

1月，在《少年》连载《怪盗四十面相》。3月，评论集《幻影城》荣获侦探作家俱乐部授予的“第五届优秀侦探小说勋章”。7月，辞去侦探作家俱乐部会长一职，任名誉会长。12月，光文社出版《怪盗四十面相》。

1953年　59岁

1月，在《少年》连载《宇宙怪人》。12月，光文社出版《宇宙怪人》。

1954年　60岁

1月，在《少年》连载《塔上魔术师》。10月，日本侦探作家俱乐部、东京作家俱乐部和捕物作家俱乐部联合主办“江户川乱步六十大寿庆典”，会上正式设立“江户川乱步奖”。《别册宝石》第四十二期杂志作为

“江户川乱步六十周岁纪念特刊”，《侦探俱乐部》十二月号杂志也作为“乱步花甲纪念特刊”。著名作家中岛河太郎编纂和发行《江户川乱步花甲纪念文集》。11月，映阳堂出版《江户川乱步选集》10卷。12月，光文社出版《塔上魔术师》。

1955年　61岁

1月，在《趣味俱乐部》连载《影男》，在《少年》连载《海底魔术师》，在《少年俱乐部》连载《灰色巨人》。5月，举行首届“江户川乱步奖”颁奖仪式。11月，在三重县名张市举行“江户川乱步诞生地”树碑庆贺仪式。12月，光文社出版《海底魔术师》《灰色巨人》。

1956年　62岁

1月，在《少年》上连载《魔法博士》，在《少年俱乐部》上连载《黄金豹》。1月24日，“日本翻译家研究会”成立，出任研究会顾问。2月，出任“日本文艺家协会语言表述问题专业委员会”委员。4月，发表《英文翻译侦探小说短篇集》。8月，接任《宝石》杂志主编。11月，光文社出版《马戏团里的怪人》《魔法玩偶》。

1957年　63岁

1月，在《少年》连载《夜光人》，在《少年俱乐部》连载《奇面城的秘密》，在《少女俱乐部》连载《塔上魔术师》。12月，光文社出版《夜光人》《奇面城的秘密》《塔上魔术师》。

1959年　65岁

1月，在《少年》连载《假面具背后的恐怖王》。11月，桃源社出版《欺诈师与空气男》，光文社出版《假面具背后的恐怖王》。

1960年　66岁

1月，在《少年》连载《带电人M》。4月，出任东都书房《日本侦探推理小说大集成》编辑委员。

1961年　67岁

4月，成为文艺家协会名誉会员。7月，出席“江户川乱步从事侦探小说创作四十周年庆典”，桃源社出版《侦探小说四十年》。10月，桃源社出版《江户川乱步全集》18卷。11月3日，荣获日本政府颁发的“紫绶褒勋章”。

1963年　69岁

1月，“日本侦探作家俱乐部”升格为社团法人“日本推理作家协会”，被一致推选为第一届理事长。8月，再次当选，坚辞不受，亲自提名松本清张接任第二届理事长。

1965年　71岁

7月28日，突发脑出血逝世，戒名智胜院幻城乱步居士。获赠正五位勋三等瑞宝章。8月1日，在青山葬仪所举行日本推理作家协会葬，墓所位于多摩灵园。

译后记

我1981年8月考入宝钢翻译科从事翻译工作，1982年初开始从事日本文学翻译，1983年2月首次发表日本文学译作。四十余年来，我一直致力于中日民间文化交流，尤其是翻译了日本推理文学鼻祖江户川乱步的作品全集，由衷地感到欣慰和满足。

《江户川乱步全集》共46册，数百万言，历经数个寒暑才翻译完成。回首往事，第一天坐在桌案前写下第一行译文的情景仍历历在目。为了解江户川乱步的创作思想、创作背景和准确把握作品的神韵，除反复阅读其所有小说作品外，我还遍览《侦探推理文学四十年》《乱步公开的隐私》《幻影城主》《奇特的立意》和《海外侦探推理文学作家和作品》等乱步的随笔和评论集。并专程去了坐落在东京丰岛区池袋的江户川乱步故居考察，到日本国家图书馆查阅了有关江户川乱步的许多资料。

为了让更多的人了解江户川乱步，我在《新民晚报》先后发表了《江户川乱步，日本侦探推理文学的先驱》《日本的福尔摩斯》《江户川乱步的起步》《徜徉少年大侦探系列》《徜徉青年大侦探系列》，接受了腾讯视频、东方电视台、《上海翻译家报》、沪江网、日语界以及日本青森电视台、《东粤日报》、《朝日新闻》、《产经新闻》、《中日新闻》的相关采访。

鲁迅说："伟大的成绩和辛勤劳动是成正比的，有一分劳动就有一分收获。日积月累，从少到多，奇迹就可以创造出来。"我历经数年辛劳翻译的这版《江户川乱步全集》，2004年4月被乱步故里日本名张市政府收藏，2020年10月又被日本驻上海总领事馆收藏，并荣获国际亚太地区出版联合会

APPA翻译金奖，其中的“少年侦探团系列”荣获国家新闻出版总署优秀少儿图书三等奖。

江户川乱步可以说是日本推理文学的代名词，江户川乱步奖是推动日本推理文学作家辈出的巨大动力，《江户川乱步全集》是世界侦探推理文学的瑰宝。希望通过这套《江户川乱步全集》，可以让更多的读者共同享受推理文学的乐趣。

2021年元旦于上海虹桥东华美寓所

图书在版编目（CIP）数据

影男 /（日）江户川乱步著；叶荣鼎译. --济南：山东画报出版社, 2022.3

（江户川乱步全集·明智小五郎系列）

ISBN 978-7-5474-3949-4

Ⅰ.①影… Ⅱ.①江… ②叶… Ⅲ.①推理小说－日本－现代 Ⅳ.①I313.45

中国版本图书馆CIP数据核字（2021）第134771号

YINGNAN

影男

〔日〕江户川乱步 著　叶荣鼎 译

责任编辑 梁培培
封面设计 光合时代

出 版 人 李文波
主管单位 山东出版传媒股份有限公司
出版发行 山东画报出版社
社　址 济南市市中区舜耕路517号　邮编 250003
电　话 总编室（0531）82098472
市场部（0531）82098479　82098476（传真）
网　址 http://www.hbcbs.com.cn
电子信箱 hbcb@sdpress.com.cn
印　刷 山东新华印务有限公司
规　格 787毫米×1092毫米　1/32
8.25印张　120千字
版　次 2022年3月第1版
印　次 2022年3月第1次印刷
书　号 ISBN 978-7-5474-3949-4
定　价 42.00元